소설
대장정 4

소설

대장정 4

웨이웨이 글 | 선야오이 그림 | 송춘남 옮김

보리

진보와 해방을 위해 싸우는 사람들을 북돋우는 마르지 않는 샘

웨이웨이 魏巍 위외

중국 영웅들의 큰 걸음, 장정長征은 어느덧 중국 인민의 서사시를 넘어 온 인류의 서사시로 자리 매김 했다. 이 서사시는 중국 인민과 중국 공산 당원들이 그 걸음과 피로 이 지구 위에 새겨 놓은 것이다. 그것은 마치 붉디 붉은 아름다운 댕기처럼 이 지구 별을 두른 채, 인류와 다음 세대가 영원히 기념할 만한 사건으로 남아 있다.

장정은 벌써 반세기 전 일이다. 그렇다면 장정의 역사적 의의는 무엇인가? 돌이켜 보면 역사 스스로 그 의의를 똑똑히 말해 주고 있다. 장정이 큰 대가를 치르며 남긴 불씨가 항일 전쟁을 승리로 이끌었다. 중국 공산당은 항일 전쟁 가운데서 힘을 길러 비로소 해방을 맞이할 수 있었다. 장정은 우리 중국이 깜깜한 어둠에 싸여 있을 때 비로소 고개를 내민 아침 햇살 같은 사건인 셈이다. 중국이 새 아침을 맞을 무렵 벌어진 이 치열한 투쟁에 힘입어 우리 민족과 인민의 운명이 얼마나 크게 달라졌던가!

하지만 결코 장정의 의의는 이쯤에서 그치지 않는다. 장정이 남긴 정신적 유산은 그 가치를 함부로 가늠할 수 없다. 홍군 전사들이 장정 길에서 겪은 어려움이 남달랐던 만큼, 그들이 보여 준 용감함과 끈기 또한 인류가 지닌 가장 아름다운 품성을 상징하는 빛나는 본보기로 남았다. 이 유

산은 우리가 더 나은 중국을 만들어 가는 데, 또 우리 다음 세대와 진보와 해방을 위해 싸우는 온 인류에게 언제나 큰 힘을 북돋우는 마르지 않는 샘이 될 것이다.

우리 역사에는 쟁쟁한 농민 전쟁이 숱하다. 또 그때마다 감동적인 영웅들이 많이 나왔다. 하지만 수백, 수천 차례 일어난 농민 전쟁은 하나같이 실패하거나 다른 왕조가 들어서며 막을 내렸다. 그런데 왜 장정처럼 농민이 주체인 혁명전쟁은 승리할 수 있었는가? 역사 속에 그 답이 있다. 장정은 근대 무산 계급이 이끌었고, 마르크스─레닌주의를 영혼으로 삼은 중국 공산당이 그 대변자 노릇을 충실히 해냈기 때문이다.

장정은 내 마음속의 시이다. 나는 줄곧 장정을 흠모하며 동경해 왔다. 그런데 장정이 지닌 비범한 웅장함과 아름다움을 문학적으로 온전히 담아 내기에는 내 배움과 재주가 부족한 것 같아 오랫동안 머뭇거렸다. 하지만 이제는 세월이 너무 흘러 더 미룰 수가 없게 되었다. 올해로 이 용감무쌍한 군대가 창건 예순 돌을 맞는다. 부족하지만 이 작품을 나를 길러 준 당과 군대, 인민에게 드린다.

위대한 장정은 홍군의 3대 주력 부대인 1·2·4 세 개 방면군方面軍이

함께 이룬 것이다. 그 내용이 어찌나 풍부한지 이 역사를 모두 담아 내려면 여러 작품이 나와야 할 것이다. 이 소설은 중앙 홍군의 움직임을 중심으로 썼다. 형편이 이러하니 독자들이 크게 허물하지는 않으리라 생각한다.

나는 이 책을 쓰기 전에 많은 혁명 선배들을 찾아다녔다. 다들 애정 어린 가르침으로 나를 이끌어 주었다. 오래전 홍군이 걸었던 장정 길을 따라 걷는 동안에도 여러 동지와 인민들을 만났다. 따뜻하게 나를 맞아 준 많은 이들을 잊을 수 없다. 또 나는 전사들이 몸소 겪은 장정 이야기가 담긴 회고록을 꼼꼼히 찾아 읽으며 장정이라는 큰 역사적 줄기를 나름으로 재구성해 갔다. 이런 것들이 이 소설을 쓰는 데 큰 도움이 되었다. 이 지면을 빌려 모든 이들에게 깊이 감사드린다.

장정 길에서 영원히 잠든 열사들과 아직도 건강히 살아 있는 장정의 영웅들이여! 당신들의 굳건한 정신과 위대한 업적은 오래오래 빛날 것이다.

장정의 본모습을 진실하고 생생하게 그려 낸 빼어난 성취

네룽전聶榮臻 섭영진

나는 〈당대 장편 소설當代長篇小說〉이라는 잡지에서 웨이웨이 동지가 쓴 《소설 대장정 地球的紅帶飄》을 발견하고는 흥분해마지않았다. 그길로 꼬박 열 며칠을 단숨에 내리 읽었다.

《소설 대장정》은 문학 언어로 장정을 다룬 첫 장편 거작으로 그 내용이 진실하고 살아 있다. 문장도 좋고 하나하나 의미가 깊어 읽는 재미도 쏠쏠했다. 다 읽고 나니 마치 장정을 또 한 번 한 것 같은 기분이 들 정도였다.

장정은 인류 역사의 기적이자 우리 당과 군대, 민족이 길이 자랑스럽고 귀중하게 여길 만한 재산이다. 어려움이 닥칠 때마다 장정을 떠올리면 못 헤쳐 나갈 일이 없을 테니 말이다.

웨이웨이 동지는 이 위대한 역사적 사건을 제대로 그리기 위해 그 많은 자료들을 꼼꼼히 모으는 한편, 장정 길을 두 번이나 직접 걸었다. 그런 뒤 몇 해 동안 이 소설을 써 내려갔다.

그동안 장정을 다룬 소설이 꽤 나왔지만 대개 설산을 넘고 초지를 지나며 고생한 이야기에 머무르고 말았다. 하지만 이 소설은 내부 분쟁을 깊이 있게 다뤄 당의 힘을 충분히 보여줌으로써 독자들이 장정의 본모습을

이해할 수 있게 돕는다.

한편 이 작품은 마오쩌둥, 저우언라이, 주더, 왕자샹, 펑더화이, 류보청, 예젠잉 같은 지도자들의 모습을 아주 진실하게 그려 냈다. 이들은 내가 아주 잘 아는 윗사람이자 전우로, 장정을 하는 동안 소설 속 모습과 다름없이 꼭 그러했다. 혁명이 가장 위태로운 때에도 변함없이 당과 인민을 위해 싸웠으며, 흔들림 없이 홍군을 궁지에서 구해 승리로 이끌었다. 이런 이야기들을 아주 진실하고 생생하게 묘사하고 있다.

장제스, 왕자레이, 양썬 같은 국민당 쪽 인물들도 성격이 선명하여 살아 있는 듯하다. 또 다른 인물들도 저마다 특징을 살려 섬세하게 부각시켰다.

《소설 대장정》은 이렇듯 높은 경지에서 장정이라는 위대한 사건을 그렸고, 이 역사의 한 단락을 예술적으로 재현해 낸 뛰어난 작품이다. 한 편의 서사시처럼 장정을 담아 낸 이 소설은 우리가 홍군의 장정 정신을 잇고 빛내는 데 큰 보탬이 될 것이다.

웨이웨이 동지는 누구나 잘 알고 존경하는 작가이다. 《누가 가장 사랑스러운 사람인가誰是最可愛的人》, 《동방東方》 같은 소설은 인민들 속에서 널

리 읽히고 있다. 나는 오래전 항일 전쟁 때부터 웨이웨이 동지를 알고 지
냈다. 그는 글 쓰는 데 타고난 재주가 있는 이들 중에 혁명전쟁이라는 시
련을 겪은 드문 사람이다. 또한 오랫동안 부지런히 글을 써 오면서 빼어
난 성과를 많이 거둔 작가이기도 하다. 하지만 웨이웨이 동지는 나이 일
흔에 또 《소설 대장정》이라는 뛰어난 작품을 내놓았다. 쉬지 않고 애쓰는
이 정신이야말로 정말 귀중하다.

1987년 10월 6일

소설 **대장정 4권**

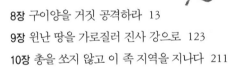

일러두기

1. 맞춤법과 띄어쓰기, 외래어 표기는 국립국어원 〈표준국어대사전〉 원칙을 따랐다.
2. 중국어로 된 고유 명사는 다섯 권을 통틀어 처음 나올 때에만 괄호 안에 한자와 한자음을 달았다. 다만, 1911년 신해혁명 이전 것은 우리 한자음대로 쓰고 곁에 한자를 써 주었다.
3. 중국 도량형에서 일 리는 우리와 달리 오백 미터 남짓 되는 거리를 이른다.
4. 《소설 대장정 地球的紅飄帶》 내용 가운데 여러 증언과 연구를 통해 지금까지 분명하게 밝혀진 역사적 사실과 다른 것은 한국어판에서 최대한 바로잡았다. 다만, 1방면군과 합류할 당시 4방면군 병력에 관한 것은 원작이 서술하고 있는 대로 두었다.

   장정에 참여한 홍군 전사들은 4방면군 규모가 대략 팔만 명에서 십만 명쯤이었다고 밝히고 있다. 저자 웨이웨이는 본문에서 서로 다른 증언들을 두루 다루며 이 문제를 드러냈다. 1988년 중국에서 이 책이 처음 나온 뒤, 중국 공산당 총서기를 지낸 후야오방은 모처럼 마음에 차는 소설을 읽은 기쁨과 즐거움을 담아 웨이웨이에게 시 한 수를 써 보냈다. 그러면서 장궈타오가 캐나다로 망명한 뒤 쓴 회고록을 보면 1935년 1방면군과 만날 즈음 4방면군 병력을 사만 오천 명으로 밝히고 있다면서, 이 숫자도 훗날 실제로 밝혀진 1방면군 병력에 견준다면 "네 배가 넘는 굉장한 숫자"라 병력을 더 불리는 것은 좋지 않겠다는 의견을 전했다. 중국 인민문학출판사는 다음 쇄를 찍으면서 후야오방의 친필 서한을 책 맨 뒤쪽에 실어 이 사실을 밝혔다.

11장 천연 요새 다두 강을 앞두고

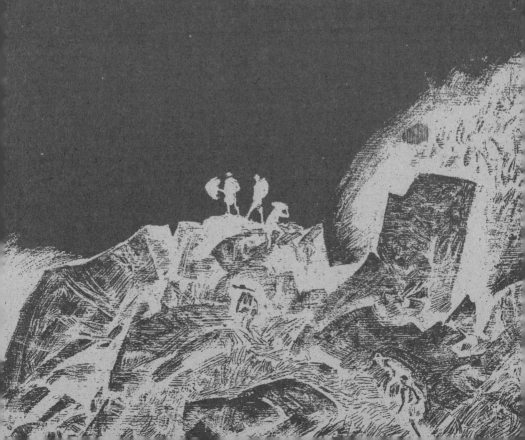

이날 군사 위원회가 보낸 전보에는 말끝마다 '빨리'라는 글자가 따라붙었다. 빨리 전진하라거나 빨리 점령하라거나 빨리 도착하라는 지시에는 지도부의 조급한 마음이 그대로 담겨 있었다. 무슨 뜻인지는 분명했다. 석달개처럼 옴짝달싹 못 하는 처지에 빠지지 않으려면 반드시 적군이 이르기 전에 강을 건너야 했다.

하지만 날마다 백이십 리를 고생스럽게 걸었는데도 적들보다 빨리 닿을 수는 없었다.

류원후이와 양썬의 부대는 벌써 다두 강 연안에서 홍군을 막을 준

비를 끝냈다. 푸린에서 루딩 교, 루딩 교에서 캉딩康定 강정에 이르는 구간을 류원후이의 24군단이 지키고 있었고 푸린 아래 진커우金口 금구까지는 양썬의 20군단이 맡았다. 5월 23일, 류샹 아래에 있는 왕쩌쥔의 여단도 푸린을 지키기 위해 청두에서 왔다. 이렇게 24군단을 북으로 돌리게 되자 적은 병력이 더욱 두터워졌다.

양썬은 한위안漢源 한원에 이른 지 얼마 되지 않아 다두 강 기슭을 둘러보았다. 양썬이 푸린에 이르자 왕쩌쥔이 직접 나와 여단 지휘부로 맞아들였다. 장제스가 왕쩌쥔한테 양썬의 지휘를 받으라고 했기 때문이었다.

왕쩌쥔은 류샹 밑에서 사단장을 하는 쓰촨 군벌 왕쫜쉬王纘緒 왕찬서의 아들로, 어린 나이에 세력을 얻은 터라 어딘가 안하무인 같은 분위기가 풍겼다. 그가 이끄는 여단은 세 개 연대에 병사 육천 명이 넘었다. 군사 숫자도 많았지만 장비도 뛰어났다. 갖추고 있는 박격포, 경기관총과 중기관총, 연발총, 척탄통은 모두 신식이었다. 이번에 또 장제스가 직접 이름을 들먹이며 밤을 도와 푸린에 가서 그곳을 지키라고 하는 바람에 몸값이 더 올랐다. 양썬 앞에서 공손하게 예의를 갖췄지만 으쓱한 마음이 드는 것도 사실이었다.

"군단장님, 이렇게 전선에 오시자마자 제 여단을 찾아 주시다니 정말 고생이 많으십니다."

"조카, 그게 무슨 말인가?"

양썬이 제법 윗사람 틀거지를 차리면서 거들먹거렸다.

"위원장님께서 직접 나한테 전보를 보내셨다네. 이번 다두 강 싸움에서 꼭 낙병장이 되라고 말이야. 이렇게 큰일을 맡은 사람이 어찌 게

으를 수 있겠나?"

장제스의 전보를 받고 나서부터 양썬은 말끝마다 낙병장 타령이었다. 왕쩌쭨은 저도 모르게 입을 삐죽거리며 웃음을 흘렸다.

"낙병장이라면……, 요새 류원후이 군단장도 한위안에서 낙병장이 되겠다고 한다던데요."

그 말에 양썬이 웃음을 터뜨렸다.

"하하하. 류원후이 그자가 낙병장이 되겠다고? 하하하……."

왕쩌쭨은 양썬의 방자한 태도가 거슬렸지만 애써 웃으며 말했다.

"이번에 여러 군대가 다두 강에 모였으니 다들 한 건 해 보겠다고 야단입니다. 여하튼 누가 진짜 큰 공을 세울지는 모르는 일 아닙니까."

양썬은 그만 입이 뿌루퉁해졌지만 속내를 다 보일 수는 없었다.

"위원장님이 내린 명령은 모두 잘 집행했나?"

"네. 배는 모두 이쪽으로 가져오고 배를 만들거나 다리를 놓을 수 있는 재료, 심지어 대나무 조각, 조그만 나무토막 하나까지 싹 없애 버렸습니다. 사계도 정리했습니다."

"그럼 저쪽에 있는 집들은?"

"다 불태웠습니다."

"아니, 아니야."

양썬이 낯빛을 흐리며 말했다.

"조카, 이 일은 말끔히 못 끝낸 듯싶네. 아까 보니까 건너편에 그대로 있는 마을이 많더군. 그래, 공산당더러 써먹으라고 남겨 놓았나?"

왕쩌쭨은 얼굴이 시뻘게진 채 연대장을 불렀다

"자네가 맡은 방어 구역에 사계를 정리하는 일은 어떻게 됐나?"

"일, 일부가 끝났습니다."

상관이 다짜고짜 소리치며 캐묻자 그는 겁에 질려 대답했다.

"일부라니, 그건 무슨 말인가?"

"사람들이 꿇어앉아 울고불고 사정하는 바람에 병사들도 어쩌질 못했습니다."

"음……, 그런다고 내 명령을 어겼단 말이지? 이 못난 놈!"

"여단장님, 그런 말씀 마십시오. 아무리 여단장님이라도 그런 상황에선 다른 방법이 없었을 겁니다."

연대장이 억울하다는 듯 하소연했다. 왕쩌쥔은 더 화가 치밀었다. 다른 부대 군단장 앞에서 이게 무슨 꼴이란 말인가! 그는 당장 안방으로 달려 들어가 벽에 걸린 채찍을 들고 나왔다.

"명령도 안 따르는 놈이 웬 말이 그렇게 많아? 이참에 버릇을 가르쳐 줄 테다!"

그는 호통을 치며 연대장의 얼굴이며 머리를 마구 채찍으로 내리갈겼다.

왕쩌쥔은 성질이 사납기로 유명했다. 늘 채찍을 휘두르며 부대를 이끌었다. 연대장쯤 되는 이라도 사정을 두지 않았다. 오늘은 양썬 앞에서 얼굴이 깎인 터라 어째도 분풀이를 해야 직성이 풀릴 판이었다. 양썬은 왕쩌쥔이 마치 자기한테 화풀이하는 것 같아 마음이 언짢았다.

"됐네, 됐어. 이제라도 그렇게 하면 될 거 아닌가!"

왕쩌쥔은 채찍을 땅바닥에 팽개치며 말했다.

"오늘은 군단장님 얼굴을 봐서 이쯤에서 봐준다. 안 그럼 넌 벌써 죽었어!"

연대장은 울분을 참으며 시뻘건 자국이 선명한 얼굴을 싸쥐고 방을 나갔다.

그때 양런안羊仁安 양인안 이 찾아왔다. 그는 다두 강 둘레에서 세력이 대단한 자였다. 황무지 개간대 사령관 자리도 꿰차고 있었다. 안순창 하류에서 푸린에 이르기까지 양런안의 세력이 미쳤다. 또 다른 다두 강 토박이 세력은 안순창의 이 족 사무 총지휘부 대대장 라이즈중賴執中 뇌집중이었다. 이들이 다스리는 곳은 두 사람의 말이 곧 법이었다.

다두 강은 해마다 장마철이 되면 오랫동안 땅에 묻혀 있던 보물을 내려보냈다. 바로 샹산響杉 향삼 이라고 부르는 진귀한 삼나무였다. 수백 년 동안 물과 흙에 씻기고 깎여 아주 딱딱해진 자줏빛 나무였다. 절대 썩지 않아서 행세깨나 한다는 사람들이 관을 짜기에 이보다 더 좋은 나무가 없었다. 그러니 값도 퍽 비싸게 나갔다. 하지만 누구든 이 보물을 발견하는 사람은 잘 갈무리했다가 양런안이나 라이즈중한테 갖다 바쳐야 했다. 만약 못쓰게 되거나 잃어버리기라도 하는 날에는 재산이 거덜 나는 것은 물론이고 식구들 목숨도 건지기 어려웠다.

홍군이 다두 강 가까이 다가오자 양런안은 안절부절못했다. 그는 자기가 다스리는 이 자그마한 왕국이 무너질까 봐 바쁘게 돌아다녔다. 오가는 군대를 위문하고 지방 세력들을 모아 어떻게 하면 군대를 빈틈없이 도울 것인가 의논하느라 제정신이 아니었다. 이곳을 지나는 군관이 있기만 하면 꼭 불러다가 술상을 차렸다. 왕쩌쥔이 오자 그는 당장 집으로 청해 잔치를 벌였다. 오늘은 더구나 널리 이름난 양 장군이 왔으니 소홀히 대접할 일이 아니었다. 그는 가뿐한 비단 적삼을 차려입고 날듯이 달려왔다.

양썬을 보자 그는 한달음에 달려가 손을 잡고 말했다.

"양 군단장님, 비행기를 타셨습니까, 기차를 타셨습니까? 이렇게 빨리 오시다니요."

양썬은 대답 삼아 크게 웃었다. 자리에 앉자 양런안이 또 입에 발린 소리를 늘어놓았다.

"솔직히 말해 군단장님이 오시기 전에는 불안한 마음을 떨칠 수가 없었습니다. 이렇게 오시니 되었습니다."

그러자 양썬이 왕쩌쥔을 보며 말했다.

"우리 청년 장군이 벌써 오지 않았습니까?"

"청년 장군도 좋고 노련한 장군도 좋지만 역시 명장이 이끌어야지요."

양썬은 마음이 흡족해서 웃었다. 때가 된 듯하자 양런안이 말을 꺼냈다.

"오시느라 고생하신 장군을 위해 저희 집에서 초라하지만 음식을 좀 장만했습니다. 오셔서 드시기 바랍니다. 우리 왕 여단장도 함께 가셔야지요."

"뭐 해 놓은 일도 없는데 폐를 끼쳐서야 되겠습니까?"

양썬이 점잔을 떨며 물렸다.

"제가 벌써 그렇게 말했는데도 저럽니다."

왕쩌쥔은 못 말린다는 듯 고개를 저었다. 양런안이 몸을 일으키며 다시 권했다.

"두 분 다 거절하지 마시고 어서 가십시다!"

세 사람은 호위병들을 이끌고 말에 올라 다두 강가를 따라 서쪽으로 달렸다.

잔치는 양런안의 집에서 열렸다. 널찍한 집은 어찌나 튼튼하게 지었는지 웬만한 성은 저리 가라 할 정도였다. 술상 차림새는 더 놀라웠다. 외진 산골이라는 걸 믿을 수 없을 만큼 입이 딱 벌어지는 요리가 수두룩했다.

정교한 장식으로 화려하게 꾸민 층집은 넓고 환했다. 창밖은 물결 소리 높은 다두 강이었다. 양런안이 양썬에게 술잔을 권했다.

"아래는 바로 산적 석달개가 망한 곳입니다. 이번에 공비들이 북쪽으로 도망치다가 궁지에 빠졌다는데 장군님이 오셨으니 이제 더는 헤어 나올 길이 없겠지요. 이 시대의 낙병장은 어김없이 장군님이 되실 겁니다."

양썬은 술잔을 기분 좋게 들이키고는 입을 쓱 문대며 말했다.

"여러분이 많이 도와주셔야지요."

양런안이 왕쩌쿤한테도 술을 권했다.

"왕 여단장께서는 젊은 나이에 지혜와 재주가 이토록 뛰어나니 석달개를 사로잡은 당우경唐友耕이 되십시오."

말이 끝나기가 무섭게 청년 장군도 얼굴이 활짝 펴 단숨에 술잔을 들이켰다. 집 안에 웃음소리, 즐거운 이야기 소리가 차고 넘쳤다. 양썬은 연거푸 잔을 비우다가 불쑥 입을 열었다.

"양 토사. 이곳에 상산이라고 하는 이름난 물건이 있다고 들었습니다."

"아, 그렇습니다. 있지요. 있다마다요."

양런안이 웃으며 말했다.

"이 고장에는 쓸 만한 물건이 별로 없습니다만 그것만큼은 보물이라 할 수 있습니다. 하지만 백성들이 꾀가 나서 상산을 보기만 하면 감춰서 탈이지요. 다행히 몇 놈 잡아다가 단단히 혼을 냈더니 해마다 몇 대씩은 제 손에 들어옵니다."

이렇게 말하고는 씩 웃으며 눈을 마주쳤다.

"군단장님, 좀 필요하신가요?"

"아니, 아니. 집에 계시는 어머니한테서 얻어들은 얘기가 있으니 그저 궁금해서요."

양썬이 손을 내저으면서 말했다.

"그건 제가 사람을 시켜 사령부에 보내도록 하지요."

그때 들뜬 분위기를 가르며 날카로운 소리가 울렸다.

"불이야! 불이 붙었다!"

밖을 내다보니 다두 강 남쪽 일대 마을에서 검은 연기가 뭉게뭉게 피어오르고 있었다. 사람들은 무리를 지어 마을 밖으로 도망쳐 나왔다. 울부짖는 소리와 고함 소리가 멀리서 들려왔다.

"잘하고 있구만. 이제야 사계를 정리하기 시작하는군!"

양썬이 고개를 끄덕이며 말했다.

"이놈의 백성들은 정말 노예 근성이 박혔어. 진작 나가라고 일렀는데 통 안 듣더니!"

"참, 어디 가나 마찬가지야!"

사람들은 다시 흥청망청 술을 마시기 시작했다.

마오쩌둥은 이 족 지역을 지나 높은 산 위에 있는 작은 마을에 머물렀다. 다두 강이 얼마 남지 않았다. 아침 나절 통신원이 전보를 건네며 물었다.

"마오 주석 동지, 석달개를 잘 아십니까?"

"동지는 석달개를 어떻게 알지? 어디서 혹시 무슨 이야기라도 들은 겁니까?"

"네. 조금 전에 어떤 노인한테서 석달개 이야기를 재미나게 들었습니다. 우리하고 처지가 무척 닮았더군요."

"음, 그분 연세가 얼마나 되셨지?"

"여든 남짓한 서생인데 모르는 게 없습니다."

"늙은 서생이라……."

마오쩌둥의 눈이 반짝 빛났다.

"그분, 어디에 삽니까?"

"산자락에 있는 대밭을 지나면 집이 하나 있던데요."

마오쩌둥은 진작부터 이곳 사람들한테서 수십 년 전 석달개의 비극 이야기를 자세히 듣고 싶던 터였다.

"선 호위병, 물통에 술이 아직 남아 있나?"

"후이리를 지나며 채운 건데 아직도 꽤 남았습니다."

"어른 대접하는 데 쓸 거니까 잘 좀 챙기지."

마오쩌둥은 노인을 찾아 나섰다. 산자락에 이어진 큰 대숲 사이로 좁은 길이 나 있었다. 일행은 곧 통신원이 일러 준 길로 접어들었다. 길 끝에 반쯤 열린 작은 사립문이 보였다.

수염이나 머리나 다 하얗게 센 노인이 낮다란 바자 너머 뜰에 놓인

대나무 걸상에 앉아 책을 보고 있었다.

"어르신, 안녕하십니까?"

기척이 나자 노인이 몸을 돌렸다.

"저희 홍군이 머물면서 이 고장에 폐를 많이 끼칩니다."

노인은 사립문을 열어 주면서 환하게 웃었다.

"모셔 오기라도 해야 할 분들인데 폐라니 웬 말인가!"

그는 무던하고 인자한 얼굴로 잘 익은 살구가 가득 달린 나무를 가리켰다.

"날마다 이 뜰을 오가는 사람이 많지만 살구는 하나도 줄지 않는구려."

마오쩌둥이 뜰에 들어서며 공손하게 말했다.

"저는 후난 사람 마오룬즈입니다. 홍군에서 일을 보면서 이번에 구이저우 땅을 밟았습니다. 어르신 이야기를 듣고 가르침을 좀 받을까 해서 왔습니다. 시간이 있으신지요?"

노인은 마오룬즈가 누군지 몰랐지만 더 묻지 않았다.

"예의가 아주 밝은 손이로군. 어서 들어오시게. 이 나이가 되면 이야기 손님이 제일 반갑지."

방 안에는 커다란 상이 놓여 있고 양쪽으로 대나무 걸상이 놓여 있었다. 긴 책상에는 끈으로 귀퉁이를 묶은 오래된 책이 몇 권 놓여 있었다. 벽 한가운데 걸린 옛 그림은 언제 그린 것인지 연기에 그을려 잘 보이지도 않았다. 곁에는 미끈하게 쓴 대련이 걸려 있었는데 위에는 "난세에 도화 꿈을 꾸노라.亂世仍作桃園夢" 라는 글이 씌어 있었고 아래에는 "누추한 집에서 성당의 시를 읽노라.寒舍且讀盛唐詩" 라는 글이

씌어 있었다.

　노인은 마오쩌둥에게 자리를 권했다. 조금 있으니 아까 마당에서 닭 모이를 주던 젊은 아낙이 차를 내왔다.

　"어르신. 어르신은 본디 이 고장 분이십니까?"

　"아닐세. 우리 집안은 본디 한위안에서 행세깨나 하던 호족인데 이리 보잘것없어졌다네. 빚을 피해 여기로 왔지."

　노인은 청나라 말 마지막 수재에 급제한 사람이었는데 얼마 뒤 중

화민국 세상이 열렸다. 아들 둘에 딸 하나를 두었는데 두 아들은 모두 군대에 끌려가 대포 밥이 되고 딸과 아내도 난리 통에 죽었다고 했다. 지금은 손자와 손자며느리만 곁에 남아 땅 몇 마지기로 농사를 지어 먹고산다며 몇 번이나 한숨을 쉬었다.

마오쩌둥은 노인의 낯빛이 어두워지자 말머리를 돌렸다.

"저건 누가 쓴 글입니까? 우군右軍의 맛이 짙게 배어 있는데요."

그가 대련을 가리키며 물었다. 그러자 노인이 웃으면서 대답했다.

"선생한테 내 솔직히 하는 말이지만 이 늙은이가 쓴 글일세. 문장도 내가 대충 지어낸 거라 서툴기 짝이 없지. 별스러울 것도 없어요. 그저 이제는 하루 살면 하루 줄어드니까 글줄이나 쓰면서 마음을 달랠 뿐이지."

노인은 검은 저고리와 바지를 깨끗하게 차려입었지만 무릎에 기운 자리가 두 군데나 되었다.

"사시는 형편이 넉넉하지는 않은 것 같습니다."

그러자 노인은 한숨을 길게 내쉬었다.

"내가 젊을 때는 서당도 꾸리고 했는데, 점점 선비 신세가 바닥에 떨어지는 바람에 값이 영 없어졌지. 그래 소금 장수로 나서기도 했다네. 이젠 나이가 나이니 손자한테 얹혀 조용히 살고 있지."

"손자는 뭘 합니까?"

"밭 몇 마지기 부치고, 나가서 장사도 좀 하고 그런다네. 그럼 먹고 살 수는 있어야 하는데 예서는 자질구레한 세금이 어찌나 많은지 하루 세 끼니를 잇기도 힘들지."

이렇게 말하고 노인은 마오쩌둥을 보면서 말했다.

"선생은 아마 내 말을 안 믿겠지만 말일세. 지금이 민국 24년인데 양식 세금은 벌써 민국 69년 것까지 받아 갔거든."

"네? 민국 69년 것까지요?"

마오쩌둥은 깜짝 놀랐다.

"그러면 사십 년 뒤에 낼 세금까지 받아 간 거잖습니까?"

"그렇지. 그러니 백성들이 마누라 팔고 새끼들 버리고 하는 게지. 집이 폭삭 망하는 판이니까."

"그런데 자질구레한 세금이라면 이런 말도 안 되는 세금이 더 있다는 말씀입니까?"

노인이 쓸쓸하게 웃었다.

"궁금하다니 보여 주지. 내가 적어 놓은 게 몇 가지 있을 거야."

노인은 안방에서 아마 종이로 만든 책을 들고 나오더니 책 위에 쌓인 먼지를 툭툭 털고는 마오쩌둥에게 건넸다. 류원후이가 다스리는 곳만 해도 세금이 마흔네 가지나 되었다. 그 가운데 농업 관련 세금만 열한 가지였고 공업과 상업, 운송업 관련 세금이 스물한 가지, 특별 세금이 다섯 가지에다가 또 다른 세금도 있었다. 그야말로 신기한 세금투성이였다. 마오쩌둥은 뭐가 뭔지 알 수 없어 책을 상 위에 놓고 물었다.

"어르신, '게으름세'는 대체 뭡니까?"

"참, 타향 사람이야 어찌 알겠나?"

노인이 쓴웃음을 지었다.

쓰촨 군벌은 아편을 사고 팔 뿐만 아니라, 백성들한테 아편을 심게 해서 큰돈을 벌었다. 류원후이의 형 류원차이劉文彩 류문채 가 바로 '쓰

찬 남부 아편 금지 감찰처'의 처장이었다. 그는 아편 심는 농가를 정
하고 세금을 거뒀다. 그런데 아편을 심지 않는 백성은 반드시 '게으름
세'를 내야 했다.

"아, 그런 거였군요!"

마오쩌둥은 노인의 설명이 끝나기가 무섭게 그만 웃음을 터뜨렸다.

"기억이 안 나는 통에 빠뜨린 세금도 적지 않다네."

노인이 고개를 절레절레 저으며 말을 이었다.

"류상은 충청에서 똥을 나르는 배에도 세금을 떠안겼는데 백성들은 이를 두고 '이제는 똥도 세금을 내야 하니 세금 안 내는 것은 방귀뿐이로구나.' 그러고들 하지."

"정말 딱 들어맞는 비아냥이군요."

마오쩌둥이 웃으며 대꾸했다.

"제가 후이리를 지나면서 술을 좀 받아 놓았는데 오늘 꼭 어르신하고 한잔하고 싶습니다만, 어떠신지요?"

노인이 기분 좋게 고개를 끄덕였다.

"우리 쓰촨 사람들은 주머니가 가벼워서 그렇지 한잔하는 건 좋아한다네. 게다가 오늘은 정말 하늘이 주신 기회가 아닌가?"

"그거 잘됐군요. 호위병! 가져온 물통 좀 이리 주겠나?"

마오쩌둥은 곧장 술 한 사발을 부어 노인에게 건넸다. 노인의 손자며느리가 때맞춰 절인 달걀 몇 개를 썰고 잘 익은 살구를 큰 접시에 담아 내왔다. 두 사람은 술잔을 나누며 이야기 재미에 빠져들었다.

"어르신께서 태평군 이야기를 자세하게 알고 계신다는 말을 들었습니다. 어르신 연배면 직접 태평군을 보셨을 법도 한데요."

그러자 노인이 웃으면서 대답했다.

"석달개가 여기 왔을 때 내가 서른이었네. 이리저리 뛰어다니며 직접 보았지. 나중에 이 쪽 책도 좀 들춰 봤고. 태평군은 백성들한테 아주 잘했더군. 청나라 병사들보다 규율도 훨씬 좋았고 말이야."

"태평군이 안순창에 이르렀을 때 청나라 군대가 정말 강기슭을 점령했습니까?"

"말로는 차지했다고 하지만 다 거짓말이야."

노인이 고개를 저으며 웃었다.

"석달개 군대는 음력 3월 27일에 안순창에 도착했지. 옛날엔 안순 창을 쯔다디紫打地 자타지라고 했어. 그때 쓰촨 총독 낙병장이 황제한테 올린 상주문에는 수비군 당우경과 차이부중蔡步鍾 채보종이 3월 25일에 강가에 이르렀다고 했지만 다 상금을 타 내기 위한 수작이었네."

마오쩌둥이 고개를 끄덕였다.

"기록을 보면 석달개가 쯔다디에 와서 배하고 뗏목을 만든 뒤에 서 둘러 병사들을 강 건너로 보냈지만 날이 저물어 중간에 그만두었다고 하던데요?"

노인은 술잔을 들고 한참 망설이다가 입을 열었다.

"소문에는 당우경이 동생한테 그런 말을 했다더군. 하지만 사람들 은 고개를 갸웃거리지. 날이 저물어서 이미 강을 건넌 만 명을 도로 건너오게 했다면 그 시간에 만 명을 건너 보내지 않았겠느냐고 말이 네. 하지만 이제 와서 뭐가 옳다고 딱 잘라 말하기란 어렵지."

마오쩌둥은 흥미롭게 이야기를 들었다. 그는 담배를 꺼내 노인에게 한 대 권하더니 자신도 한 대 붙여 물었다.

"사람들 말로는 석달개 군대는 강물이 불어 강을 건널 수 없었다더 군요. 진짜 그렇습니까?"

"맞네. 다두 강뿐만 아니라 왼쪽에 있는 쑹린 강과 오른쪽에 있는 차뤄 강察羅河 찰라하 물이 다 불어 버렸어. 쑹린 강은 너비가 아주 좁은 강이라 설산이 녹으면 물이 금세 몇 곱절로 불어난다네. 앞에는 다두 강, 왼쪽에는 쑹린 강, 오른쪽에는 차뤄 강이 있고 남쪽에는 마안 산 이 있으니 석달개가 이끄는 삼사만 군대가 안순창 뒤쪽 잉판 산營盤山 영반산에 갇힐 수밖에 없지. 여기에 온 지 얼마 안 된 석달개가 물이 그

처럼 무섭게 불어날 줄 어떻게 알았겠나?'

마오쩌둥은 술을 한 모금 마시고는 담배를 들고 또 물었다.

"석달개가 아들을 보는 바람에 잔치를 크게 여느라 시간을 끌었다
는 얘기도 있던데요?"

"그것도 맞는 얘기네. 이곳 사람들 말이 그래. 석달개가 부하들한테
'내 오늘 위험천만한 가운데서도 자식을 보았으니 이 맑은 물과 푸른
산을 바라보며 여러 형제들과 한번 취하도록 마실 것이다.' 하고는 징
을 울리고 북을 치면서 이삼일 거하게 놀았다더군. 그러니 그사이에
청나라 군대가 태평군을 칠 준비를 탄탄히 했지."

"그럼 나중에 강을 건너기는 한 겁니까?"

"석달개는 심지가 굳은 사람이라 지려고 할 리 없지. 사흘 뒤 강을 건너기 시작했다네. 처음에는 사오천 명이 대나무 뗏목 수십 척을 타고 건넜어. 사기를 올리느라 온 산이 쩌렁쩌렁 울리도록 강기슭에서 고함을 질러 댔지. 청나라 군대는 줄 지어 북쪽 강기슭에서 총이며 포를 쏴 댔어. 그런데 화약을 실은 배에 포탄이 떨어져 태평군이 숱하게 죽어 나갔다네. 열흘이 지나 다시 강을 건너려 했는데 실패했지. 청나라 군대가 건너편에서 포를 쏘아 대는 데다가 바람이 강하게 불고 물결이 높아 전부 가라앉고 말았네. 닷새쯤 지나 또 강을 건넜지. 이번에는 큰 배를 스무 척쯤 띄워 배마다 칠팔십 명이 앉았어. 하지만 물살이 세 다섯 척이 떠밀려 가고 다른 배들도 모두 가라앉았네. 그 뒤로는 다시는 다두 강을 못 건넜지."

마오쩌둥이 한숨을 쉬고는 다시 물었다.

"그런데 왜 다두 강 오른쪽 기슭을 따라 시캉으로 가지 않았습니까? 아니면 다수바오에 이른 다음 다시 돌아서 시캉으로 갈 수도 있었을 텐데요."

"안 돼. 안 되네!"

노인이 고개를 저었다.

"조금 전에 얘기하지 않았나. 쑹린 강을 건널 수가 없단 말일세. 게다가 강 건너 쪽은 시판 족西番族 서번족 토박이 세력 왕응원이 지키고 있고 오른쪽 차뤄 강 기슭에는 이 족 토사 영승은이 버티고 있었어. 낙병장이 다 매수해 버렸거든."

그러자 석달개는 쑹린 강을 몇 차례 공격했다. 오른쪽 강기슭을 따라 곧게 올라가 루딩 교를 거쳐 곧장 톈촨天全 천전 , 충라이邛峽 공래 , 청두로 가려는 생각이었다. 태평군은 두 번이나 기습해 몰래 강을 건너려 했지만 왕응원이 쏟린 강에 있는 쇠사슬 다리를 몽땅 거둬 버리는 바람에 모두 실패했다. 궁지에 몰린 석달개는 화살에 편지를 매달아 왕응원한테 쏘았다. 좋은 말 두 필과 백금 천 냥을 줄 테니 군사를 물리고 길을 내 달라고 했지만 왕응원은 들은 척도 하지 않았다. 그러자 이번에는 양식을 팔라고 사정했지만 또다시 거절당했다.

이때 동남쪽에서 청나라 군대가 토사 영승은과 함께 야밤에 마안 산 병영을 습격하여 태평군 수백 명을 죽이고 마안 산을 점령했다. 마안 산이라는 요새를 잃게 되자 석달개 군대는 잉판 산과 쯔다디에서 버텨야 했다. 하지만 사방이 이 리밖에 안 되는 곳이라 양식을 가져올 길마저 끊기고 말았다. 적군은 곧 총공격을 시작했다. 서쪽에 있던 청군과 왕응원은 그 틈에 쏟린 강을 건넜고, 마안 산 위에 있던 청군과 영승은도 산을 내려왔다. 두 군대는 곧장 쯔다디로 진격했다. 태평군의 병영은 모두 불탔다. 이 족 병사들은 산 위에서 나무와 돌을 굴려 공격을 했다. 태평군은 배겨 내지 못하고 하나둘 물에 빠졌다. "시체가 강을 뒤덮고 떠내려가는 자가 만 명이 넘었다."는 이야기는 거짓이 아니었다.

태평군은 3월 27일에 쯔다디에 이르러 4월 23일까지 스무이레를 머무는 동안 삼사만이나 되는 군대를 잃었다. 병사는 칠팔천밖에 남지 않았다. 석달개는 이곳을 더 지켜 낼 수 없을 것 같자 동쪽으로 포위를 뚫고 나갔다.

마오쩌둥은 손에 담배를 쥔 채 숙연한 표정으로 이야기 속에 빠져

들었다. 노인은 마오쩌둥을 힐끗 보더니 술을 한 모금 마시고는 말을 이었다.

태평군은 좁다란 벼랑길을 따라 달아났다. 위는 깎아지른 절벽이고 아래는 물살이 거셌다. 청군 황군룽黃君龍이 뒤를 바싹 따랐다. 왕응원이 이끄는 시판 족 군대는 산꼭대기에서 나무와 돌을 아래로 굴렸다. 또 다두 강 북쪽 기슭에서는 주천周千 총독이 이끄는 청군이 벼랑 위로 사격을 퍼부었다. 엄청난 포위 공격에 밀려 수많은 군사들이 강으로 떨어졌다. 이렇게 이십 리를 걸어 어느 작은 강에 이르러 보니 태평군은 군사를 반나마 잃은 뒤였다. 밤새 이곳에 머물며 숨을 돌리려고 했지만 왕응원이 또 태평군을 둘러쌌다. 날이 밝기 전 석달개는 병사들을 거느리고 포위를 뚫었다.

앞은 위험한 곳으로 이름난 라오야쉬안老鴉旋노아선이었다. 이곳은 라오야쉬안 강이 다두 강으로 흘러 들어가는 물머리여서 물살이 쯔다디보다 더 세찼다. 수면은 어디나 수레바퀴처럼 큰 소용돌이였다. 물살이 빙빙 돌며 살처럼 흐르는데 간담이 다 서늘했다. 이대로 강을 건너기는 힘들었다. 석달개는 대오를 추슬러 한숨 돌리는 수밖에 없었다. 날이 저무는 데다가 사람도 말도 모두 형편없이 지쳐 있었다. 석달개와 군사들은 이틀을 굶은 뒤라 배도 고팠다. 부하들은 서로 그러안고 울었다. 석달개가 가슴을 쳤다.

"수많은 싸움을 이기며 여기까지 온 내가 오늘 궁지에 몰려 이 지경이 된 것은 하늘이 나를 버리는 것이다. 하지만 너희들을 이 어려움에서 구할 방법은 어딘가 있을 테지."

부하들은 모두 울음을 터뜨리면서 고개를 떨궜다.

석달개는 전세가 기울자 세 아내더러 자결을 명했다. 세 아내는 서로 옷자락을 붙들고 슬피 울었다. 석달개는 칼을 뽑아 들고는 졸개에게 여인들을 안고 함께 강에 뛰어들도록 했다.

노인은 한숨을 쉬며 말했다.

"자네들이 조금 더 나아가게 되면 거길 보게 될 거야."

마오쩌둥은 굳은 얼굴로 한참 말없이 앉아 있다가 다시 물었다.

"나중에 석달개가 청나라 군대와 담판을 짓지 않았습니까?"

"음, 그 일? 그건 말이 담판이지 실은 기만일세."

노인이 계속 말을 이어갔다.

태평군은 사방으로 포위당한 데다가 끊임없이 내리는 비에 양식을 얻을 수도 없었다. 옴짝달싹 할 수 없는 궁지에 빠진 것이다. 석달개는 스스로 목숨을 끊으려 했지만 몇 해 동안 자신을 따르던 부하들을 모른 척할 수는 없었다. 청군이 이렇게 태평군을 걸음걸음 핍박하는 것은 적장의 머리를 원하기 때문이었다. 석달개는 부하들의 목숨이라도 건져 볼까 하고 낙병장한테 편지를 썼다.

……출세를 하려고 두 임금을 모시는 일은 충성스러운 신하가 할 일이 아니지만, 군사를 구하는 일은 의로운 뜻을 품고 떨쳐 일어난 자라면 반드시 해야 한다. …… 대장부로 태어나 나라를 위해 변방을 열고 나라에 보답할 수 없을진대 어찌 목숨을 아까워하겠는가. 하지만 이 목숨으로 우리 군사들을 구할 수 있다면 나를 버릴 것이다! …… 이 편지의 내용을 청나라 황제에게 전해 주기 바란다. 우리 병사들을 죽이지 말고 백성으로 돌아가고자 하는 사람은 백성으로 살게 하고 군인으로 살고자 하는 사람은

군인으로 남을 수 있도록 은덕을 베풀어 달라. 이 조건을 들어준다면 나 석달개는 자결하고 태평군은 항복할 것이다. 나는 이대로 싸우다 죽더라도 한이 없을 것이고 머리와 몸이 떨어지더라도 욕되지 않을 것이다.

당우경과 청군 장수들은 편지를 받아 보고는 속임수를 쓰기로 했다. 장수 양응강楊應剛과 유격왕 송림松林이 병사 수십 명을 거느리고 석달개를 만났다. 그들은 석달개의 요구를 들어주겠다고 했다. 그러면서 다두 강은 쉽게 건널 수 없는 천연 요새인 데다가 태평군이 이미 포위되었으니 무기를 버리고 항복하라고 하면서 시마구洗馬姑 세마고에 가서 뒷일을 의논하자고 했다. 석달개는 그 말을 믿지 않았다. 석달개 가 거느린 장수 하나는 심지어 양응강과 송림을 죽이려고 했다. 하지만 그들이 하늘에 맹세한다는 둥 어쩐다는 둥 하면서 달콤한 말을 늘어놓자 석달개는 그만 거기에 넘어가고 말았다. 이튿날 석달개는 몇 사람을 데리고 양응강을 따라 시마구로 떠났다. 하지만 량차오凉橋 량 교에서 숨어 있던 군사들에게 사로잡혔다. 세상을 호령하던 영웅은 어이없게도 스스로 올가미에 걸려들고 말았다.

"그 뒤로 어떻게 됐지요? 석달개는 어디로 압송됐습니까?"

"이튿날 다수바오로 끌고 갔다가 곧장 청두로 압송해 갔지. 그리고 얼마 뒤 죽여 버렸네."

석달개를 심문한 관리는 "떳떳하고 굳센 기백이 얼굴에 서려 있었고 비굴한 기색 없이 꿋꿋이 절개를 지켰다."고 했다. 죽으면서도 그는 태연했다. 청나라 조정은 석달개의 머리를 베어 후베이湖北 호북까지 끌고 다니며 사람들에게 구경시켰다. 베이징까지 가려고 했지만 길에서 썩는 바람에 그만두었다고 했다. 가장 처참한 것은 이천 남짓 남은 태평군 병사들이었다. 무사히 집으로 보내 주겠다고 속여서는 다수바오로 데려간 뒤 6월 19일 밤 한 사람도 남김 없이 몽땅 죽여 버린 것이다.

"다수바오에 가 보면 버려진 무덤들이 얼마나 많은지 모른다네."

마오쩌둥은 한참이 지나서야 한숨을 쉬며 입을 열었다.

"석달개는 분명 영웅입니다. 하지만 적들이 하는 말을 너무 쉽게 믿었지요. 그러니 손해를 볼 수밖에요. 착한 백성들은 언제나 적들한테 환상을 품고 있는데 정말 가슴 아픈 일입니다."

노인도 고개를 끄덕이며 말했다.

"선생 말이 맞네. 석달개는 적들이 자기 머리만 욕심내는 줄 알았지만 어찌 적들이 그 머리만 가지려 하겠는가?"

때마침 하늘에서 천둥소리가 들려오면서 집 안이 어두워졌다. 노인이 일어나 밖을 내다보았다. 까맣게 구름이 몰려오더니 빗방울이 떨어지기 시작했다.

"꼭 이때로군. 석달개가 이끄는 군대가 지나갈 때도 이런 날씨였다네."

노인은 걱정스러운 얼굴로 방으로 들어와 앉으며 술잔을 들었다.

"자네들 군대도 다두 강을 건너려고 한다지? 내 말을 명심하게. 빨라야 하네."

마오쩌둥은 고개를 끄덕이며 잔을 기울였다. 땅을 뒤흔드는 천둥소리가 점점 가까워지고 있었다.

홍군은 차뤄를 지나 이 족 지역을 완전히 벗어났다. 하지만 여전히 좁은 골짜기와 구불구불한 산길이 끝도 없이 이어져 있었다. 홍군 전사들은 이 족 지역을 지나며 보고 들은 재미난 이야기를 주거니 받거니 하면서 걸었다. 하지만 지휘관들은 사정이 달랐다. 선두 부대 사령관인 류보청과 정치위원 녜룽전은 말이 없었다. 류보청은 대오의 걸음을 겨우 따라가는 늙어 빠진 부루말에 올라 생각에 깊이 잠겨 있었다. 둘레의 산봉우리, 냇물, 들꽃, 전사들의 이야기 소리는 모두 남의 일이었다.

"배만 있으면 될 텐데……."

류보청이 중얼거렸다. 작전국장 쉐펑은 부루말을 따라가다가 무슨 지시라도 하는가 싶어 앞으로 가 보았다.

"배만 있으면 무슨 방법이든 생길 텐데 말이야."

쉐펑은 뚫어져라 앞만 바라보며 말 위에 앉아 있는 류보청을 보고서야 그가 혼자 중얼거린다는 것을 알아챘다. 쉐펑은 고개를 돌려 녜룽전을 보았다.

"총참모장 동지도 참 못 말리는 분입니다. 자꾸 혼자 뭘 중얼거리신다니까요."

"그래요? 뭐랍니까?"

녜룽전이 말 위에서 물었다.

"배만 있으면 방법이 생길 거라시는데요."

"어제 한밤중에도 그런 말을 하더군. 나는 무슨 의논할 말이 있는 줄 알았더니 그냥 쿨쿨 자고 있지 않겠나."

녜룽전이 다시 입을 열며 씨익 웃었다.

"실은 나도 꿈을 꾸었는데 단번에 배 다섯 척이 생겼어요."

앞서 가던 홍군 1군단에서 공습 나팔 소리가 울렸다. 부대는 길가에 멈췄다. 장정에 오른 뒤로 이런 일이 잦았다. 전사들은 숨을 돌릴

틈이 생겨 좋았다. 류보청과 녜룽전이 모두 말에서 내리자 마부가 길
가에서 나뭇가지를 꺾어 말을 덮어씌웠다. 곧 적기 세 대가 나타났다.

"저 거북이가 또 알 낳으러 왔나 본데!"

누군가 외쳤다.

"에이. 오늘은 궁둥이에서 연기만 나는데 뭘!"

하지만 이번엔 알도, 연기도 아니었다. 비행기는 한 바퀴 빙 돌면서
선전문을 쫙 뿌리고 돌아갔다. 순식간에 알락달락한 종이가 새까맣게
하늘을 뒤덮고는 흐느적거리며 내려왔다. 호위병이 가까운 산비탈에
떨어진 선전문을 녜룽전에게 건넸다. 손바닥만 한 종이에 검은 글자
가 한가득 박혀 있었다.

중국 공산당 병사들.

앞은 천연 요새 다두강이고 뒤에서는 수십만 군대가 뒤쫓고 있다. 너희들은 이미 궁지에 몰렸으니 곧 전멸할 것이다. 주더와 마오쩌둥은 두 번째 석달개가 될 것이다. 어떻게 해야 할지 선택은 너희들에게 달렸다. 어서 선택하기 바란다! 어서! 어서! 어서!

녜룽전은 가소롭다는듯 웃으며 선전문을 류보청에게 넘겼다. 류보청은 선전문을 힐끗 보더니 사정없이 찢어 버렸다. 그러고는 고개를 쳐들고 하늘에 흩날리는 선전문을 보면서 한마디 했다.

"병신, 개구리 고니 고기 먹고 싶어 눈이 달았네!"

"며칠 전에 노획한 신문을 보니 장제스가 비행기에 앉아 다두 강 전선을 둘러봤다고 하던데 지금 또 왔을지도 모릅니다."

젊은 작전국장 쉐핑은 빙빙 도는 적기한테서 눈길을 떼지 못했다.

"그럴 리가 있겠나."

류보청이 웃으면서 대꾸했다.

"벌써 부대 배치를 끝냈을 텐데."

하지만 장제스는 정말 그들 머리 위에 있었다. 그는 군복을 입은 채 의자에 반듯하게 앉아 깊은 골짜기 사이로 흐르는 물살을 내려다보았다. 장제스는 이 강에 모든 희망을 걸었다. 곁에는 천청이 지도를 들고 앉아 있었다.

"안순창은 도대체 어디 있나?"

장제스가 물었다.

"저기 물이 굽이져서 흐르는 곳에서 좀 삐죽이 나온 곳이 바로 안순창입니다."

천청이 몸을 일으키며 손으로 가리켰다.

"저기 둥그런 산 옆에 있는 곳 말인가?"

"그렇습니다."

"조그만 마을이군."

"그렇습니다. 아주 작지요. 백 가구가 될까 말까 합니다. 석달개 군대는 저기에 갇혀 거의 절반이 죽었답니다."

장제스는 눈이 휘둥그레져서 그 동근 산을 바라보았다.

"그래?"

"네. 그러다가 군사를 이끌고 아래로 포위를 뚫고 나갔지요."

천청은 다두 강 물줄기를 따라 이어진 널찍한 곳을 가리켰다.

"저기가 라오야쉬안이라는 곳인데 석달개의 많은 군사들이 저 강으로 쫓겨 들어갔지요. 왕후 셋도 저 물에 뛰어들었답니다."

장제스는 마치 그 이야기가 지금 밤낮으로 쫓고 있는 홍군 이야기인 것 같아 흥미로웠다.

"쉐웨가 이미 더창德昌 덕창에 이르지 않았나?"

"맞습니다."

천청이 공손하게 대답했다.

"더 빨리 서두르라고 이르지. 이번에는 꼭 한 번에 성공해야 해."

"알겠습니다."

비행기는 남쪽 기슭을 따라 천천히 방향을 틀었다. 강기슭에 있는
여러 마을에서 불길이 치솟으며 검은 연기가 뭉게뭉게 피어올랐다.
장제스가 아래를 가리키며 물었다.

"저건 사계를 정리하는 거겠지?"

"그렇습니다."

"잘하고 있군."

장제스가 고개를 끄덕였다.

"하지만 중요한 건 배야. 남쪽 기슭에는 한 척도 남겨선 안 돼."

"벌써 몇 번째 일렀는지 모릅니다. 위원장님 명령대로 대나무 조각 하나도 남기지 말라고 했습니다."

비행기는 북쪽 기슭으로 방향을 틀었다.

"한위안은 어디 있나?"

장제스가 물었다.

"곧 도착할 겁이다."

천청이 지도를 보며 대답했다.

"양썬하고 류원후이는 한위안에 닿았겠지?"

"네. 그렇게 전보를 보내왔습니다."

"그럼 내 친서를 떨어뜨리게."

"알겠습니다."

천청은 편지가 들어 있는 자루를 다두 강에서 가까운 자그마한 도시에 떨어뜨렸다. 어려움을 함께 한다는 것을 보여 주기 위해 장제스가 자주 쓰는 방법이었다.

"듣자니 저번에 위원장님께서 양썬을 격려한 전보가 톡톡히 한몫 했답니다."

천청이 빙그레 웃으며 말했다.

"내가 뭐라고 했지?"

"양썬한테 낙병장이 되라고 하시지 않았습니까?"

"아, 그것 말인가?"

장제스가 피식 웃었다.

"진정한 낙병장은 나지."

그는 호탕하게 너털웃음을 터뜨렸다.

하늘에 검은 구름이 모여들더니 이윽고 부슬부슬 비가 내리기 시작했다. 홍군은 험한 산길을 따라 계속 전진했다. 류보청은 자루가 흰 우산을 펼쳐 들고 걸었다. 녜룽전은 거무스름한 삿갓을 쓴 채 뒤를 따랐다. 십 리쯤 가자 날이 저물었다. 좁은 산골짜기는 더욱 어두컴컴했다.

"이건 무슨 소립니까?"

쉐펑이 얼른 걸음을 멈추며 말했다. 사람들이 정신을 가다듬고 들으니 정말 멀리서 쏴쏴 하는 소리가 들려왔다. 마치 멀리서 폭풍우가 밀려오는 것 같았다.

"비행기는 아니겠지?"

류보청이 걱정스러운 얼굴로 하늘을 바라보았다.

"아닙니다. 비행기는 사라진 지 오랜걸요."

쉐펑이 대답했다.

"혹시 다두 강 물소리 아닐까?"

녜룽전이 한참 귀를 가다듬고 듣더니 입을 열었다.

"어려서 양쯔 강 가에서 자라면서 가끔 이런 소리를 들었어요."

"맞을 겁니다. 이젠 다두 강이 멀지 않았으니까요."

말안장처럼 생긴 고개에 올라서니 멀리 널찍한 산골짜기가 눈에 들어왔다. 낮게 드리운 구름 아래로 은빛 띠 같은 것이 번쩍거렸다. 드디어 홍군의 생사가 달린 다두 강에 이른 것이다. 조금 전 들었던 쏴쏴 하는 소리가 더 무겁고 우렁차게 들려왔다.

류보청은 바람이 어찌나 세찬지 우산이 이리저리 쏠려서 바로 잡을 수가 없었다. 녜룽전은 삿갓이 자꾸 벗겨지자 아예 등 뒤에 단단히 맸다.

"저기가 안순창이겠지."

류보청이 남쪽 기슭에 있는 마을을 가리켰다. 황혼이 깃든 마을에

주황색 불빛이 몇 개 보였다.

"이젠 임무를 맡겨야겠습니다."

녜룽전이 말했다.

"오늘 밤은 쉴 틈이 없을 것 같아요."

류보청이 고개를 끄덕이고는 쉐펑에게 명령했다.

"어서 양더즈楊得志 양득지 를 불러오세요."

조금 뒤 몸집이 자그마하고 당차게 생긴 군관이 달려왔다. 스물네 댓 살쯤 되어 보였는데, 칼처럼 쳐들린 눈썹 위로 씩씩한 기상이 넘쳤다.

그는 작은 권총을 매단 가죽띠를 허리에 매고, 칼자루에 붉은 비단을 길게 늘인 큰 칼을 등에 가로질러 차고 있었다.

류보청과 네룽전은 양더즈를 잘 알았다. 그는 후난 리링醴陵 예룽에서 가난한 대장장이의 아들로 태어나 어려서부터 여기저기 떠돌며 대장일을 했다.

열네 살에는 안위안 탄광에서 광부로 일하기도 했다. 날마다 어깨에 백육십 근이나 되는 석탄을 져 나르며 욕을 밥 먹듯 하던 소년은 전설처럼 듣던 '가난한 당'이 오기만을 자나 깨나 기다렸다. 난창 봉기가 실패하자 '가난한 당'은 마침내 양더즈가 사는 데까지 흘러왔다. 그는 스무 명 남짓한 노동자들과 함께 주더와 천이陳毅 진의를 따라 홍군에 입대했다.

넉 달이 지난 뒤 그들은 징강 산 아래에서 마오쩌둥의 대오와 합류했다. 양더즈는 전사, 부반장, 반장, 부소대장, 소대장, 부중대장, 중대장을 차근차근 거쳐 연대장으로 올라갔다. 싸움에 나서면 죽음을 두려워하지 않는 사람처럼 용감하게 싸웠다. 등을 가로지른 번쩍이는 큰 칼은 양더즈의 상징이었다. 연대장이 되고서도 그는 큰 칼을 버리지 않았다. 힘겹고 어려운 때마다 양더즈는 칼을 쑥 뽑아 들고 "동지들, 나를 따라 돌격!" 하고 앞장섰다. 배우고 익히는 일에서도 그는 남에게 뒤지려하지 않았다. 그는 항상 조그만 공책을 갖고 다니면서 자신이 직접 참가한 전투를 빼놓지 않고 기록했다. 군사 학교에서 공부한 적은 없지만 실전 경험은 어떤 연대 지휘관과 견주어도 뒤지지 않았다.

"양더즈 동지, 연대 동지들이 많이 힘들어 하지?"

류보청은 찬찬하게 부대 형편을 살폈다.

"예. 쉬는 시간만 되면 곯아떨어집니다."

양더즈가 말했다.

"물에 떨어졌는데도 그대로 쿨쿨 자는 사람도 있습니다."

"어련하겠나. 백사십 리를 걸었으니 말이지."

류보청은 구름 속으로 불이 밝게 빛나는 곳을 가리켰다.

"하지만 오늘 밤에는 안순창을 꼭 손에 넣어야 합니다. 그래야 내일 강을 건널 수 있어요."

"알겠습니다."

양더즈는 시원하게 대답했다.

그는 안순창에는 적 한 개 대대 말고도 지방 군대가 지키고 있고, 건너편 안칭바安慶壩 안경패에 적 24군단의 한 개 연대가 있다고 보고했다.

"수장 동지, 어떻게 공격하면 좋겠습니까?"

"동지가 먼저 말해 보세요."

류보청이 말했다.

"그러지요."

양더즈가 웃으면서 말문을 열었다.

"정치위원 리린黎林 여림 동지하고 의논을 해 보았는데, 제가 1대대를 거느리고 안순창을 습격하고 리린 동지가 2대대를 거느리고 적의 연대 지휘부 건너편에서 공격하는 척하는 게 좋겠습니다. 그리고 3대대는 예비 부대로 남겨 사령부를 지키면 될 것 같습니다."

녜룽전이 흡족해서 고개를 끄덕였다. 하지만 류보청은 영 마음이 놓이지 않는가 보았다.

"그렇게 하세요. 하지만 양더즈 동지, 호두를 먹으려면 망치가 있어야지요. 아무튼 지금 가장 중요한 것은 배입니다. 배가 있어야 합니다. 알겠지요?"

양더즈는 결의에 찬 얼굴로 고개를 끄덕였다.

　"1대대 대대장 쑨지셴孫繼先 손계선한테 안순창에 있는 적을 무찌르면 불을 피우고, 배를 찾으면 또 불을 피우라고 전하세요. 그리고 동트기 전에 강을 건널 준비를 마치면 세 번째 불을 올리라고 하세요."

　류보청이 말을 마치고는 고개를 돌렸다.

　"녜 정치위원 동지는 더 이를 말 없습니까."

　녜룽전은 무거운 얼굴로 양더즈를 보았다.

"오늘 적들이 우리 홍군이 두 번째 석달개가 될 거라는 둥 어쩐다는 둥 하는 선전문을 뿌리고 갔는데 봤습니까?"

"네. 전사들도 모두 봤습니다."

"돌아가면 동지들한테 전하세요. 우리는 홍군이고 공산당이 이끄는 군대입니다. 우리는 석달개가 아니에요. 절대 석달개가 될 수 없는 사람들입니다. 샹 강, 우 강, 진사 강을 모두 건너왔는데 다두 강이라고 못 건널 것 같습니까? 아니요. 우리는 꼭 다두 강을 건널 겁니다."

"우리가 석달개가 될지 안 될지는 모두 동지들한테 달려 있습니다."

류보청이 덧붙였다. 양더즈는 여느 때보다 마음이 무거웠다. 그는 경례를 하고는 총총히 앞으로 달려갔다.

날이 점점 어두워졌다. 산길은 돌이 많고 험했다. 류보청은 눈이 좋지 않아 걷기가 힘들었다. 녜룽전은 얼마 전에 노획한 프랑스 손전등을 꺼내 류보청의 옷자락을 잡으면서 앞을 비춰 주었다.

빗방울은 굵어졌다 잦아들었다 하면서 도무지 멎을 낌새를 보이지 않았다. 손전등은 찌르륵찌르륵 가는 소리를 내며 어슴푸레 빛을 뿌렸다. 고요한 밤이라 다두 강의 물결 소리는 더 세차게 들려왔다.

12장 루딩교를 빼앗으라

다두 강 상류에 있는 다진 강大金川 대금천과 샤오진 강小金川 소금천은 조그만 물줄기였지만 아래로 내려오면서 설산에서 쏟아지는 물을 만나 야생마처럼 거친 강이 되었다. 게다가 양쪽으로 높이 치솟은 산에 갇혀 흐르는 게 한스러운지 밤낮없이 하늘땅을 뒤흔들기라도 할듯이 울부짖었다.

다두 강은 물살이 거칠어 다리를 놓을 수 없었다. 홍군은 별수 없이 나룻배에 희망을 거는 수밖에 없었다.

5월 13일, 홍군이 후이리를 포위 공격했을 때 류원후이가 이끄는 24군단은 다두 강 연안을 따라 방어 부대를 배치하기 시작했다. 그 가운데 5여단 7연대의 연대장 위웨이루于昧儒 우미유가 안순창 북쪽 기슭

에서 다충大冲 대충 사이를 지켰다.

　안순창 건너편 안칭바에는 적 한 개 대대가 주둔하고 있었는데 대대장은 가로회의 우두머리 한화이제韓槐階 한괴계였다. 이 대대의 병사들도 가로회 사람들이었다. 한화이제는 안순창에서 오래 살면서 도박판을 제집처럼 드나들어서 이곳 악질 지주나 망나니들하고는 형제처럼 지냈다. 이번에 한화이제의 상관이 그를 이곳에 보낸 것도 지주들의 힘을 빌려 빈틈이 생긴 방어선을 막아 보려는 생각이었다.

　한화이제는 별로 품을 들이지 않고 수월하게 지주들을 끌어들였다. 악질 토박이 세력이자 이 족 사무 총지휘부 대대장 라이즈중이 앞장서서 일했기 때문이다. 라이즈중은 푸린 일대의 개간대 사령관 양런안

과 함께 다두 강 일대를 쥐락펴락하는 지배자인지라 홍군을 가만히 두
고 볼 수 없었다. 한화이제가 온 뒤로 두 사람은 죽이 꽤나 잘 맞았다.

하지만 두 사람은 장제스의 명령대로 시가지에 불을 지르느냐 마느
냐 하는 문제에서 의견이 엇갈렸다. 한화이제는 안순창은 홍군의 집
중 공격을 받을 수 있으니 즉시 불을 질러야 한다고 목소리를 높였다.
한화이제는 이 기회에 한번 본때를 보여 승진이라도 하기를 바랐지만
라이즈중은 생각이 달랐다. 집과 조상 대대로 내려온 재산이 모두 안
순창에 있는 데다가 안순창 거리에 있는 건물이 반나마 자기 것이었으
니 재산을 하루아침에 잿더미로 만들 수는 없는 노릇이었다.

두 사람이 의견을 모으지 못하는 사이 홍군은 하루하루 다가왔다.

한화이제는 조직의 우두머리인지라 역시 배짱이 두둑했다. 이렇게 머뭇거리다가는 일을 그르칠 것 같아 단호히 결단을 내렸다. 한화이제는 아침 일찍 안칭바에서 배를 타고 와서 안순창 거리에 병사들을 이끌고 나와 장작을 쌓기 시작했다. 라이즈중은 그 소식을 듣고는 권총을 차고 쏜살같이 달려 나왔다. 이 일대에서야 발만 한 번 굴러도 사방천지를 부들부들 떨게 할 수 있는 인물이니 같잖은 대대장쯤이야 눈에 찰 리가 없었다. 하지만 예의는 지켜야 했다. 그는 억지로 웃으며 말을 건넸다.

"한 형, 왜 이러나? 의논은 하고 서둘러야지 이래서야 쓰겠나?"

한화이제도 억지 웃음을 지으며 말했다.

"라이 대대장, 이 동생이 성급한 게 아니라 상부의 명령이라 머뭇거릴 수가 없군."

"위에서 내려온 명령을 거스르자는 게 아니네. 마을을 태우는 것이야 나도 찬성이야. 내 집을 몽땅 태워 버린다고 해도 괜찮다고. 하지만 적은 아직 오지도 않았잖나."

한화이제는 비웃듯이 말했다.

"홍군이 코앞에 왔을 때는 늦는다니까! 나는 그것까지 책임질 수는 없네."

라이즈중은 상대방이 누그러들지 않자 목소리를 높였다.

"놈들은 웨시를 지나 푸린으로 오거나 몐닝을 거쳐 안순창으로 올 거야. 만약 적들이 푸린으로 가고 여기로 안 온다면 내 집들은 괜히 태운 게 되지 않나? 자네 이건 책임질 수 있나?"

한화이제도 속이 달았다.

"나는 군인이라 명령을 따를 뿐이네. 누구 재산이든 나는 모르는 일이야."

라이즈중은 목소리를 더욱 높였다.

"이보게, 한화이제. 요사이 좀 잘나간다고 이렇게 안하무인인가! 내 엄지발가락도 자네 허리보다 더 굵어. 자네야 안순창에서 굴러먹던 떠돌이 아닌가! 대대장 며칠 해 먹었다고 그렇게 잘났나? 내 연대장을 찾아가 보겠네!"

한화이제도 지지 않았다.

"뭐, 엄지발가락이 어쩌고 어째? 말이면 단 줄 아나! 그러는 너는 얼마나 잘났냐? 연대장? 그래, 어디 찾아가 봐! 누가 무서울 줄 알아? 우리 같이 가 보자고! 상부에서 내려온 명령을 이런 식으로 무시해도 되나 두고 보자!"

　두 사람은 목소리를 높이며 싸우다가 서로 멱살을 붙잡고 쑤자핑蘇家坪 소가평에 있는 위 연대장을 찾아갔다.

　라이즈중은 확실히 한화이제보다 교활했다. 한화이제하고 싸워 보았자 결판이 안 날 게 뻔할 테니, 벌써 사람을 시켜 말을 배에 실어 강 건너로 보내 두었다. 두 사람이 배를 타고 건너편에 이르자마자 라이

즈중은 배에서 내려 미리 보내 둔 말을 타고 연대 지휘부로 달려갔다.
한화이제는 울화가 치밀었지만 터덜터덜 걸어가는 수밖에 없었다.

쑤자핑에 이르러 연대장을 만난 라이즈중은 또 다른 얼굴이었다.
라이즈중은 한화이제가 거만한 태도로 백성들의 형편을 전혀 돌보지
않는다며 여지없이 깎아내렸다. 시가지를 태우는 일이야 찬성하지만
만약 거리를 태웠다가 홍군이 오지 않는다면 낭패가 아니냐고 했다.

"만약 적이 얼추 가까이 왔는데도 거리를 안 태우는 일이 생기거든
제 목을 따십시오."

위 연대장은 그 말에 얼마쯤 마음이 움직였지만 그래도 마음이 놓이지 않았다.

"자네가 뒤늦게 손을 써서 일을 그르칠 수도 있지 않나!"

그러자 라이즈중이 웃으며 말했다.

"그럴 리 있습니까. 제가 보초를 여러 군데 세워 놓아서 모를 리 없습니다."

마지막으로 위 연대장이 다시 한 번 확인했다.

"만약 일이 잘못되어 위에서 추궁이라도 하면 어쩔 텐가?"

라이즈중은 그 자리에서 홍군이 오기 전에 어김없이 거리를 태워 버리겠다는 서약서를 쓰고 도장을 찍었다.

한화이제가 연대 지휘부에 이르렀을 때쯤 라이즈중은 싱글벙글 연대 지휘부를 떠나 말을 타고 돌아가고 있었다. 라이즈중은 곧장 배를 타고 집에 돌아와 선선한 저녁 바람을 쐬며 승전이라도 한 듯 기분 좋게 몇 잔 마시기까지 했다. 홍군이야 지금 이백 리 떨어진 시창에 있으니 오늘 밤 안으로 그 험한 산길을 걸어 이곳까지 오지는 못할 터였다. 게다가 여러 곳에 보초를 세웠으니 설사 온다고 하더라도 미리 알수 있으리라 여겼다.

라이즈중은 마음 푹 놓고 자리에 누웠다. 그런데 두어 시간쯤 잤을까. 어디선가 귀청을 찢는 듯한 총소리가 들렸다. 호위병 류정칭劉正淸유정청이 헐레벌떡 달려왔다.

"대대장님, 야단났습니다. 홍군이 쳐들어왔습니다."

라이즈중은 소스라치게 놀랐다.

"벌써? 초소에서 보고도 없었잖나!"

"대대장님, 지금 그런 걸 따지고 계실 때가 아닙니다. 어서 몸부터 피하셔야지요!"

"어서, 어서 시가지에 불을 지르라고 해. 불부터 질러야 해!"

류정칭은 밖에 나가 불을 질렀다. 미리 마른 풀을 마련해 놓은 터라 불을 당기기는 쉬웠다.

불길은 순식간에 바람을 타고 훨훨 타올랐다. 총소리는 점점 더 자지러졌다. 류정칭이 허겁지겁 들어와 소리쳤다.

"대대장님, 어서 도망치십시오. 문 앞은 홍군들 천지라 못 나갑니다."

여기저기서 늙은이와 어린것들이 뒤엉켜 울었다. 집 안은 어느새 난장판이었다. 라이즈중은 식구들을 돌볼 새도 없이 류정칭의 부축을 받으며 담벼락을 기어올랐다. 그런데 그만 뛰어내리다가 발을 삐었다. 뒤따라 담을 넘은 류정칭은 라이즈중을 들쳐 업고 도망쳤다.

얼마 못 가 홍군이 앞을 막았다.

"잠깐. 뭡니까?"

류정칭은 겁에 질려 말했다.

"우리는 이곳 백성입니다."

"등에 업은 사람은 누구지요?"

"우리 아버지입니다. 편찮으셔서 의원한테 보이러 가는 길입니다."

홍군은 더 묻지 않았다. 라이즈중은 간신히 화를 면했다. 그는 류정칭의 등에 착 엎드려 홍군을 힐끗힐끗 훔쳐보면서 생각했다.

'대체 이자들은 어떻게 산을 넘어온 거야? 초소 지키던 놈들은 뭘 한 거지?'

홍군이 마을 사람들을 길잡이 삼아 초소를 피해 돌아 왔다는 것을 라이즈중이 알 리 없었다. 마을에 있던 라이즈중의 두 개 중대는 손쓸 새도 없이 무너졌다. 뿔뿔이 도망간 병사들도 적지 않았다.

홍군은 마을 사람들과 함께 불을 껐다. 그러고는 강가에 나가 배를 찾았다.

반나절이나 내리던 비가 그치고 하늘에 밝은 달이 떠올랐다. 홍군 전사들은 강가에서 배 한 척을 발견했다. 어제 저녁 라이즈중이 타고 온 배였다. 적병 몇이 허겁지겁 배에 올라 도망가려고 하자, 눈치 빠른 2중대 지도원 황서우이黃守義 황수의가 배에 대고 뚜르륵 총을 쏘았다. 적들은 앞 다투어 물로 뛰어들었다. 홍군 전사들은 날쌔게 달려가 적들을 사로잡고 배가 못 떠내려가게 꽉 잡았다.

"어서 대대장한테 보고하세요. 배를 얻었다고!"

황서우이가 들뜬 목소리로 소리쳤다. 통신원은 나는 듯이 달려갔다. 5월 25일 새벽 세 시였다.

류보청과 녜룽전이 안순창에 이르렀을 때는 날이 아직 어둑어둑했다. 양더즈와 대대장 쑨지셴이 작은 방에서 전투 경과를 보고했다. 한 번에 마흔 명쯤 태울 수 있는 나무배를 빼앗은 것이 가장 큰 성과였

다. 류보청은 그 말을 듣더니 놀라고 기뻐서 안경을 들어 올리며 앙더
즈한테 물었다.

　"정말입니까? 배를 얻었단 말이지요?"

　"그렇습니다. 강가에 대 놓았습니다."

　앙더즈가 웃으면서 말했다. 하지만 류보청은 고개를 돌려 쏜지셴에
게 다그치듯 물었다.

　"쏜지셴 동지, 대체 어찌 된 일입니까?"

　쏜지셴은 어안이 벙벙했다. 남들도 영문을 몰라 어정쩡하게 서 있

었다.

"안순창을 점령하게 되면, 그리고 배를 빼앗으면 불을 지르라고 부탁하지 않았습니까. 강을 건널 준비를 다 마치게 되더라도요. 한데 우리는 한 번도 못 봤어요. 한 번이라도 불을 지르긴 한 겁니까?"

쑨지셴은 얼굴이 벌게져서는 대답을 못 했다. 류보청이 말했다.

"우리가 얼마나 애타게 기다렸는지 압니까. 네 정치위원하고 둘이서 산마루에서 눈이 빠지게 기다렸는데 아무것도 못 봤어요."

쑨지셴은 마음이 덜컥해서 고개를 숙였다.

"제가 그만 까맣게 잊었습니다."

그때 녜룽전이 한 마디 끼어들었다.

"당신이 호두를 먹으려면 망치가 있어야 한다는 둥 하니까 이 사람들이 배를 찾는 데만 정신이 팔렸나 보군."

"좋아요, 쑨지셴 동지. 우선 가서 눈을 좀 붙이도록 해요. 날이 밝으면 시장에서 살 수 있는 맛있는 음식은 모조리 사 먹읍시다. 아침을 먹은 뒤에 강을 건너도록 하지요."

그제야 쑨지셴은 경례를 하고는 집을 나섰다. 류보청이 또 양더즈에게 물었다.

"뱃사공은 찾았습니까?"

"두 사람을 찾았습니다."

"얘기를 좀 나누게 모셔 오세요."

양더즈가 뱃사공들을 데려왔다. 누르무레한 얼굴에 수염을 기른 사람은 마흔 살쯤 되어 보였는데, 구릿빛 가슴이 훤히 드러나 있었다. 다른 사람은 열여덟이나 열아홉쯤 되는 깡마른 젊은이였다. 두 사람다 맨발에 해진 옷을 걸친 채였다. 그들은 주춤주춤 집에 들어오더니몹시 어색해하며 바닥에 쪼그리고 앉았다. 류보청은 쓰촨 사투리로부드럽게 말했다.

"선주님들, 어려워하지 마시고 이리로 앉으세요."

녜룽전이 몸을 일으켜 자리를 내주었다. 마흔 남짓한 사람이 먼저입을 열었다.

"저희들은 선주가 아닙니다. 라이즈중의 배를 모는 가난뱅이외다."

류보청이 말했다.

"우리 홍군은 가난한 사람들을 위해 싸우는 군대입니다. 우리를 도
와주시겠습니까?"

"내키지 않았다면 안 왔을 겁니다."

그 사나이는 담뱃대를 물고 우스갯소리를 했다.

"이번에 당신들이 빨리 왔기에 망정이지 내 낡은 오두막이 홀라당
불타 버릴 뻔했습니다. 솔직히 처음에 당신들이 온다는 말을 듣고 엄
청 겁을 먹었지요. 라이즈중이 당신들 옷이며 신이 몽땅 사람 가죽으
로 만든 거라고 했거든요. 아이를 잡아먹는다나, 뭐 그런 얘기도 했

는데……."

사람들은 그 말을 듣고 크게 웃었다. 류보청이 또 물었다.

"다두 강이 얼마나 깊습니까? 헤엄쳐서 건널 수 있을까요?"

그러자 그 사내가 고개를 절레절레 저었다.

"이 강은 얕은 곳도 육 미터가 훨씬 넘고 깊은 곳은 이삼십 미터나
되지요. 그리고 설산에서 눈 녹은 물이 흘러와서 사람은 둘째 치고 말
도 건널 수 없습니다."

"그럼 다리는 놓을 수 있을까요?"

"옛부터 다리를 놓는다는 말은 못 들었습니다."

류보청은 녜룽전을 바라보며 가볍게 한숨을 쉬었다.

"보아하니 이 배를 믿는 수밖에 없겠군."

"다른 곳에는 배가 없습니까?"

녜룽전이 물었다.

"24군단 지휘부에 두 척이 있었는데 다 건너편으로 가져갔지요."

류보청과 녜룽전은 그들에게 한 사람한테 하루에 은전 두 닢을 줄 테니 뱃사공이 더 있는지 더 찾아봐 달라고 부탁했다. 만약 무슨 일이 생기더라도 절대 섭섭하게 하지는 않겠다고 약속했다. 두 사람은 선뜻 그러마 했다.

동이 트자 창가가 훤히 밝아 왔다. 류보청과 녜룽전은 강을 살피러 나섰다. 양더즈는 강 가까이에 높은 망루가 있는데 그곳을 임시 작전실로 쓰는 게 어떻겠냐고 물었다. 류보청과 녜룽전은 양더즈를 따라 시가지를 지나 흙과 돌로 쌓은 망루로 올라갔다.

물소리가 귀가 멀 듯이 들려왔다. 두 사람이 마주 서서 말을 해도 서로 잘 알아들을 수가 없었다. 류보청과 녜룽전은 창가로 가서 밖을 내다보았다. 희뿌연 안개로 뒤덮인 다두 강은 음산하고 무서워 보였다. 세차게 흐르는 강물은 마치 말 수백 필이 미친 듯이 달리는 것 같았다. 여기저기 소용돌이가 보였다. 몇 초 동안 빙글빙글 돌다가는 천천히 사라지는데 그러고 나면 새 것이 또 생겨났다.

강에는 바위가 여러 군데 물 위로 우뚝 솟아 높다란 물결을 일으켰다. 강을 바라보며 류보청과 녜룽전은 한동안 말을 잃었다. 한참 지나서야 류보청이 입을 열었다.

"과연 괴물이군. 우 강이나 진사 강보다 더 험해요."

"뭐라고? 방금 뭐라고 말했습니까?"

물결 소리가 너무 높아 네룽전은 말을 똑똑히 듣지 못했다. 류보청이 목청껏 다시 소리를 질렀다.

"강이 너무 험하다구요. 이 괴물 같은 놈을 건너야 한다니 정말 어려운 고비입니다."

류보청은 목에 걸고 있던 외눈 망원경을 벗어 들고 강 건너편을 살

피기 시작했다. 녜룽전도 망원경을 꺼내 들었다.

삼백 미터 남짓 떨어진 강 건너편은 온통 깎아지른 듯한 바위였다. 나루터가 있는 곳만 절벽을 가르고 사다리처럼 생긴 돌층계를 만들어 놓았다. 층계 하나 너비가 겨우 삼십 센티미터쯤 되었다. 높이도 비슷했다. 돌층계 꼭대기에는 집이 세 채 있고 보통 사람 키 반쯤 되는 담이 있었다. 그리고 시커먼 사격 진지가 돌층계와 강물을 굽어보고 있었다. 사격 진지 둘레로 구불구불하게 파 놓은 참호가 보였다. 담 아래는 군데군데 대나무 밭이었다.

"룽전, 저기 돌층계가 보입니까?"

"네? 뭐라고 했습니까?"

"저기 돌층계가 보이느냐고!"

"아, 보입니다. 마흔 개쯤 되는군요."

"저기로 공격할 수밖에 없지 않겠습니까? 젠장맞을!"

"그래요. 배도 잘 맞춰서 대야지 다른 곳으로는 올라갈 수도 없겠습니다."

"보아하니 무기를 잘 배치해야겠어요. 그렇잖으면 올라가도 쓸모가 없을 테니까."

"그렇지요."

류보청은 망원경을 거두고 다시 목에 걸었다. 그는 한동안 망설이다가 양더즈를 보았다.

"무기를 다 배치했습니까?"

"네."

"어떻게요?"

양더즈는 대대에 있는 중기관총 다섯 정과 경기관총 열 정을 여러 곳에 배치해 놓았고 군단 포병 대대에 있는 박격포 세 문도 가져왔다고 보고했다. 그리고 그는 안순창 나루터 곁에 삐죽이 나온 부분을 가리키며 저곳은 사방이 확 트인 곳이라 경기관총과 박격포를 저곳에 두었다고 했다.

"자오장청趙章成 조장성은? 자오장청의 포는 왔습니까?"

류보청이 물었다.

"왔습니다. 하지만 포탄이 네 발밖에 없습니다."

"그럼 네 발 다 자오장청한테 쏘라고 하세요."

자오장청은 홍군 1방면군에서 이름난 명사수였다. 원래는 백군 포병 대대 부대대장이었는데, 1931년 반 포위 토벌 때 홍군한테 잡혀 홍군에 입대했다. 나중에 홍군 1군단에서 포병대대를 만들면서 대대장이 되었지만 모든 전쟁은 도리에 어긋난다고 여겨 포를 쏠 때마다 귀신들한테 용서를 비는 독특한 사람이었다.

"마음이 여린 사람이니 그 전에 잘 다독여 줘야겠지."

류보청이 덧붙였다.

"참, 시골뜨기는 왔습니까?"

녜룽전이 물었다.

"왔습니다."

양더즈가 웃으며 대답했다.

"시골뜨기라니 누구 말이지?"

류보청이 고개를 갸웃했다.

"우리 1군단에 있는 늙은 사격수지요."

녜룽전이 웃으면서 말했다.

"기관총을 아주 잘 쏘는데 지금은 중기관총 소대 소대장입니다."

"그런데 왜 시골뜨기라고 부르지?"

"워낙 순박한 사람이라 그런 별명이 붙었습니다."

양더즈가 웃으면서 말했다.

"한번은 적들한테서 양복바지를 빼앗았는데 어떻게 입는지 몰라서 구멍이 있는 쪽을 똥 누라고 낸 구멍인 줄 알고 뒤로 입었답니다."

류보청과 녜룽전이 크게 웃었다. 녜룽전이 웃으면서 덧붙였다.

"장시에서 재래식 종이를 만들던 노동자인데 이름이 리더차이李德才 이덕재예요. 자꾸 별명을 부르다 보니 다들 진짜 이름을 모르지."

이때 밖에서 어지러운 발자국 소리가 났다.

"밖이 왜 저렇게 시끄럽지?"

양더즈가 망루 아래를 내려다보며 물었다

"1대대에서 서로 임무를 맡겠다고 다투고 있습니다."

호위병이 대답했다.

"서로 다투다니?"

"서로 첫 배를 타겠다고들 그럽니다."

녜룽전이 손짓을 했다.

"우리가 가 봅시다."

마을 가운데 자리한 작은 광장에는 수백 명이 앉아 있었다. 여러 사람이 일어서서 자기네 중대에서 임무를 맡아야 한다고 서로 큰 소리로 외쳤다. 아래에서는 응원하는 소리와 웃으며 떠드는 소리가 뒤섞여 시끌벅적했다. 어찌나 시끄러운지 누구 이야기도 제대로 들리지 않았다. 돌격대원을 뽑아야 하는 샤오화肖華 초화는 난처한 얼굴로 서서 손을 저으며 소리쳤다.

"동지들, 조용히 하세요. 조용히요!"

하지만 도통 조용해질 것 같지가 않았다. 쑨지셴은 류보청과 녜룽전을 보자마자 달려왔다.

"도저히 임무를 맡길 수가 없습니다."

"어찌 된 일입니까?"

녜룽전이 묻자 쑨지셴이 고개를 저으며 말했다.

원래는 각 중대에서 신청을 받아 돌격대원을 뽑으려고 했다. 한데 샤오화 부장이 "동지들! 첫 배를 타고 싶은 사람은 신청하십시오." 하고 소리치자 너도나도 가겠다고 다투어 일어섰다. 어떤 간부들은 중요한 임무를 맡고 싶어도 앞에 나서서 말하기가 쑥스러워 뒤에서 전사들을 부추겼다.

"저기 보십시오. 저기 지도원 한 사람이 전사들에게 뭐라고 쑥덕이고 있지 않습니까!"

쑨지셴의 손가락을 따라가 보니, 한 지도원이 웃으면서 이 사람을 밀고 저 사람을 두드려 주고 하면서 귀엣말을 했다. 녜룽전이 잠시 지켜보다가 앞으로 나섰다.

"동지들, 다투지 마십시오. 대대장 명령을 따르세요."

그제서야 소리가 조금씩 잦아들었다. 사람들은 쑨지셴을 바라보았다. 그는 양더즈에게 달려가 뭐라고 한참 의논을 하더니 대오 앞에 나서 큰 소리로 말했다.

"첫 배를 탈 사람들을 2중대에서 뽑기로 했습니다."

말이 떨어지자 2중대원을 뺀 사람들이 모두 "에이 참!" 하고 소리쳤다. 하지만 금세 활달하면서도 시원한 웃음소리에 묻히고 말았다.

중대장 슝상린熊尙林 웅상림이 앞 다투어 나선 사람들 가운데서 몇 사람을 뽑아 발표했다. 슝상린을 포함해 반장, 소대장, 대원들까지 모두 열여섯 사람이 들어 있었다. 이름을 부르자 2중대에서도 "에이 참!" 소리가 길게 터져 나왔다.

곧 열여섯 사람이 대오 속에서 걸어 나왔다. 뽑힌 전사들한테는 큰 칼과 자동 소총, 그리고 모제르총과 수류탄 일여덟 개씩을 나누어 주었다. 그들은 모두 웃는 얼굴로 씩씩하게 사람들 앞을 지나갔다. 하지만 열여섯 전사가 광장을 나서기도 전에 웬 소년병이 엉엉 울면서 쏜

지셴 앞으로 달려 나왔다.

"저도 보내 주십시오. 저는 꼭 가야 합니다."

뜻밖의 일이라 쑨지셴은 어찌할 바를 몰랐다. 녜룽전이 대견한 얼굴로 입을 열었다.

"가게 하세요."

그러자 쑨지셴이 말했다.

"천완칭陳萬淸 진만청 동지, 함께 가십시오."

습상린은 큰 칼과 수류탄 몇 개를 얻어 그 소년병에게 주었다. 소년

전사는 설에 폭죽을 터뜨리러 나온 어린아이처럼 활짝 웃으며 열여섯 전사의 뒤로 달려갔다.

네룽전의 마음은 다두 강처럼 세차게 소용돌이쳤다. 1931년 겨울 소비에트 구역에 들어와 홍군 전사들과 함께 생활하면서 혁명을 위해 서라면 몸과 마음을 다해 애쓰는 태도에 얼마나 감동했는지 모른다. 전사들은 앞에 불이 있으면 불에 뛰어들고 물이 있으면 물에 뛰어들었다. 죽음이 기다릴지라도 피하지 않고 걸어 나갔다. 네룽전은 홍군이 일당백으로 싸울 수 있는 비결이 바로 여기에 있으며 중국의 희망도 여기에 걸려 있다는 것을 잘 알고 있었다.

큰 칼을 메고 허리에 수류탄을 가득 두른 젊은이들이 앞으로 걸어
갔다. 헌옷을 걸치고 구릿빛 근육을 드러낸 뱃사공들도 뒤를 따랐다.
한 전사가 뱃사공의 어깨를 툭툭 치면서 말했다.

"선주님, 제가 엄호해 줄 테니 마음을 놓으세요."

뱃사공도 웃으면서 대꾸했다.

"당신들도 의연한데 우리라고 뭐가 두렵겠습니까."

그들은 앞으로 걸어 나갔다. 류보청과 녜룽전, 양더즈는 다시 망루
로 돌아왔다.

도강 작전은 아홉 시에 시작되었다. 강가에서 우렁찬 돌격 나팔 소

리가 울리면서 순식간에 중기관총 수십 정이 강 건너편으로 총탄을 퍼부었다. 류보청은 자그마한 창문으로 지켜보다가 속이 갑갑해서 말했다.

"작전실 안에만 틀어박혀 있을 게 아니라 밖으로 나가 봅시다."

녜룽전이 고개를 끄덕이며 작전실을 나섰다. 양더즈는 막을 도리가 없자 고개를 두어 번 가로젓더니 뒤를 따라 나갔다.

그들은 곧장 중기관총과 포가 있는 진지 곁으로 갔다. 갑자기 돌격 나팔 소리가 뚝 끊겼다.

"왜 안 부는 거지?"

류보청이 양더즈에게 물었다.

"수장들이 목표가 될까 봐 그렇습니다."

"목표가 되면 어떻습니까."

류보청이 꾸중하듯 말했다.

"계속 부세요."

샤오화는 나팔수가 어정쩡하게 서 있는 것을 보고는 씽 달려가 나팔을 빼앗았다. 그러더니 두어 번 흔들고는 높이 쳐들고 "띠띠따따, 띠따따!" 볼을 부풀리며 불기 시작했다. 예전 실력이 나오는지 소리가 제법 우렁찼다. 다른 중대의 나팔도 동시에 울리며 골짜기를 뒤흔

들었다. 경기관총을 든 전사들도 힘을 얻어 더 요란하게 총을 쏘아 댔다.

사람들은 물결을 타고 오르내리는 배를 뚫어져라 보았다. 배는 아주 느리게 나아갔다. 물결을 타고 높이 올라갔다가도 어느새 푹 꺼지면서 보이지 않았다. 기슭에서 배를 바라보고 있는 사람들 마음도 끊임없이 오르락내리락했다. 적의 사격 진지에서 자지러지는 총소리가 나더니 배에 사정없이 물이 튀었다. 하지만 뱃사공들은 용감하게 배를 저어 나갔다. 총탄이 우박처럼 쏟아지자 한 전사가 흠칫하면서 팔을 붙잡고 주저앉았다. 기슭에서 지켜보던 사람들이 놀라서 소리를 질렀다.

외눈 망원경을 쥔 류보청의 손가락이 파르르 떨렸다. 그가 높지는 않지만 힘찬 목소리로 지시했다.

"자오장청한테 저 앞에 있는 사격 진지 두 개를 없애 버리라고 하세요."

양더즈가 멀지 않은 곳에 있는 포 진지에 대고 소리쳤다.

"자오장청, 어서 앞에 보이는 저 진지를 없애 버리랍니다!"

멀리서 대답 소리가 들리는가 싶더니 꽝 하는 포성과 함께 사격 진지가 푸른 연기 속으로 술 취한 사람처럼 주저앉았다.

"잘한다! 잘해!"

강기슭에서 환호성이 터졌다. 하지만 흥분 섞인 칭찬은 곧 다급하고 안타까운 외침으로 뒤바뀌었다.

"큰일이다, 큰일이야!"

"저러다 바위에 부딪치겠네!"

    열일곱 전사가 탄 배가 물 위로 흉악하게 튀어나온 바위 쪽으로 돌진하고 있었다. 류보청은 속이 꿈틀거렸다. 다행히 뱃사공이 침착하게 노를 돌려 바위 곁에 가서 붙었다. 배가 바위에 부딪치는 않았지만 바위 틈에 걸려 꼼짝하지 않았다. 뱃사공 몇이 바위에 뛰어올라 발을 바위에 대고 등으로 뱃머리를 떠밀었다. 다른 뱃사공들도 힘껏 삿대로 떠밀며 힘을 보탰다. 배는 겨우 바위 틈을 빠져나왔다.

    마침내 배가 나루터에 닿았다. 류보청과 녜룽전은 망원경에서 눈을

떼지 못했다. 전사들이 너도나도 기슭에 뛰어올라 돌층계에 들어서자 꽈르르릉 하며 포탄 수십 발이 한꺼번에 터졌다. 굉음이 울리더니 삽 시간에 푸르스름한 연기가 전사들을 삼켜 버렸다.

"저런! 뭡니까?"

녜룽전이 속이 흠칫해서 물었다.

"아마 쓰촨 군대가 쓰는 굴림 지뢰일 겁니다."

류보청이 대답했다. 연기가 걷히고 돌층계 위에서 사람들이 꿈틀거렸다. 햇빛이 비치자 큰 칼이 번쩍거렸다.

"악착같군. 우리 전사들 좀 봐요. 엄청 드센데!"

류보청의 말을 들으며 녜룽전도 마음을 놓았다.

하지만 전사들이 막 층계를 올라가자 층계 위에 있는 집 세 곳에서
이백 명쯤 되는 적들이 새까맣게 몰려나왔다. 적들은 와와 소리를 지
르며 총칼을 꽂아 들고 덮쳐들었다. 류보청이 새파랗게 질려서 소리
쳤다.

"자오장청한테 어서 쏘라고 하세요!"

녜룽전도 고함쳤다.

"어서 쏴요, 어서!"

양더즈는 날렵하게 포 진지로 달려갔다.

"자오장청! 어서 쏘세요. 남은 두 발을 모두 쏩니다."

하지만 자오장청은 오른 무릎을 털썩 꿇으며 중얼거렸다.

"하늘도 땅도 이 자오장청을 나무라지 마십시오. 어기면 죽는 명령
이니 어쩔 수 없습니다."

"자오장청! 지금 뭐 하는 겁니까?"

양더즈가 소리쳤다. 자오장청은 대답 없이 몸을 일으키더니 오른발

을 반 걸음쯤 내밀고 안고 있던 포탄을 철컥 포에 집어넣었다. 쿵 하
는 소리와 함께 포탄이 다두 강 위로 날아갔다. 그 포탄이 아직 떨어
지지도 않았는데 두 번째 포탄이 또 쿵 하고 날아올랐다.

자오장청은 겨드랑이에 포탄을 끼고 있다가 대여섯 발씩 연이어 쏠
수 있는 특별한 재주가 있었다. 포탄이 적의 진지에 잇달아 떨어지면
못 무너뜨릴 진지가 없었다. 하지만 오늘은 남은 포탄이 두 발뿐이라

어쩔 수 없었다.

　다두 강 남쪽 기슭에 있는 사람들은 팔매선을 그리며 날아가는 포탄을 따라 눈길을 돌렸다. 포탄은 조금도 빗나가지 않고 모여 선 적군들 사이에 떨어졌다. 와자지껄 달려들던 적들은 순식간에 짙은 연기에 휩싸였다. 적들은 무더기로 땅에 쓰러졌다. 살아남은 사람들은 외마디소리를 지르며 뿔뿔이 도망쳤다.

　곧 요란한 기관총 소리가 났다. 이름값을 하듯 리더차이는 중기관총을 쏘아 적들을 죄다 쓰러뜨렸다. 진지에서 지켜보던 사람들이 놀라면서 탄성을 질렀다.

"저 두 사람이 제대로 한몫하는군!"

류보청이 칭찬을 아끼지 않았다. 녜룽전도 이렇게 통쾌하게 웃어 보기는 참 오랜만이었다.

열일곱 전사들은 산비탈에 흩어져 큰 칼을 휘두르며 나는 듯이 꼭대기로 올라갔다. 전사들은 담이 가까워지자 수류탄을 던졌다. 뜰에서 순식간에 검푸른 연기가 치솟았다. 전사들이 담 안으로 뛰어 들어갔다.

류보청과 녜룽전은 망원경을 벗고는 마주 보며 웃었다.

"한걱정 덜었군."

류보청이 말했다. 녜룽전도 고개를 끄덕였다. 그는 손수건을 꺼내 이마에 반짝이는 땀을 훔쳤다.

배가 남쪽 기슭으로 돌아왔다. 두 번째로 건너갈 용사들이 바삐 배에 올랐다.

배가 세 번째 전사들을 태우러 다시 돌아오자 양더즈는 더 앉아 있을 수가 없었다.

"보고드립니다. 제가 올라가 봐야겠습니다."

"좀 기다려 보세요!"

류보청과 녜룽전이 소리쳤다.

"아직 적들이 반격할 수 있기 때문에 지휘자가 없으면 안 됩니다."

양더즈는 못 들은 척 배로 달려갔다. 곧 작지만 단단한 덩치가 뱃머리에 섰다. 밝은 햇살 아래, 양더즈가 등 뒤로 멘 큰 칼과 자루에 달린

붉은 술이 반짝 빛났다.

이튿날 마오쩌둥은 안순창에 이르렀다. 저우언라이와 주더는 먼저 선두 부대 사령부로 갔다. 다두 강 위로 무거운 잿빛 구름이 깔려 있었다. 마오쩌둥은 마안 산에서 한참 지형을 살펴보고 나서야 산을 내려왔다.

"이 괴물 같은 강부터 봐야겠어."

마오쩌둥은 호위병들과 함께 나루터로 가며 중얼거렸다.

여태껏 수많은 강을 봐 왔지만 이런 강은 처음이었다. 물살이 어찌나 빠른지 물 위에 떠가는 나뭇가지가 사람이 달리는 것보다 빠른 듯

했다. 나타났다 사라졌다 하는 소용돌이는 무엇이든 가리지 않고 쑤욱 빨아들였다.

마오쩌둥은 홍군 전사들을 나르는 배를 잠자코 바라보았다. 배는 거칠고 사나운 물결 속에서 솟았다 꺼졌다 하면서 아주 느리게 나아갔다.

강기슭에는 열 사람쯤 되는 뱃사공들이 풀밭에 앉아 쉬고 있었다. 하나같이 반바지를 입었는데 구릿빛 웃통을 드러내 놓고 담배를 피우면서 이야기를 나눴다. 마오쩌둥이 걸어가 웃으면서 말을 걸었다.

"어르신들은 모두 배를 모십니까?"

사람들이 고개를 끄덕였다.

"여러분들이 도와줘서 다행이지 하마터면 강을 못 건널 뻔했습니다."

마오쩌둥은 궐련을 꺼내 사람들에게 나누어 주고는 자기도 한 대 붙여 물었다.

"가난뱅이 편에서 싸우는 군대인데 요만큼도 못 도와 드리겠습니까?"

어제 류보청과 이야기를 나누던 털보 뱃사공이 대꾸했다. 그는 허허 웃으며 대통을 넣고는 마오쩌둥한테 받은 궐련에 불을 붙였다.

"당신들 홍군은 정말 대단합니다. 어제 첫 배를 띄울 때 저쪽에서

마구 총을 쏴 대니까 한 전사가 저더러 '선주님, 우리가 배를 끌 테니
뒤쪽으로 서십시오.' 하지 않겠습니까. 총알이 막 쏟아질 때는 얼마나
겁이 나던지……. 그때도 '괜찮습니다. 여러분들은 맞지 않을 겁니
다. 걱정 마세요.' 하면서 우리 앞을 막아 줬습니다. 정말 예사 사람
들이 아니라니까요."

　마오쩌둥은 웃으며 앞을 바라보았다. 배는 벌써 강 건너편에 이르
렀는데, 뱃사공 일고여덟 사람이 힘겹게 배를 끌고 위로 올라가고 있
었다.

　"한 번 갔다 오는데 시간이 얼마나 걸립니까?"

"한 시간은 족히 걸릴걸요."

"네, 그쯤 걸릴 겁니다."

뱃사공들이 너도나도 말했다.

"왜 그렇게 오래 걸립니까?"

"물살이 세니까 그렇지요."

털보 사나이가 상류를 가리켰다.

"강을 건너기 전에 배를 먼저 상류에 있는 물방앗간까지 끌고 가야 합니다. 그렇게 해서 사선으로 건너야 맞은편 나루터에 닿을 수 있지요. 건너가서는 또 배를 끌고 한참 위로 올라가야 이쪽 나루터에 맞춰서 올 수 있습니다."

마오쩌둥은 미간을 찡그리고 말없이 생각에 잠겼다. 이윽고 일어나더니 고개를 돌려 안순창 뒤에 있는 둥그런 산을 가리키며 물었다.

"저 산이 잉판 산입니까?"

"맞습니다. 바로 저깁니다."

그 산은 별로 특별한 데도 없고 높지도 않았다. 꼭대기는 평평했다. 하지만 산비탈에는 봉긋하게 솟은 무덤이 많았다.

"저긴 왜 저렇게 무덤이 많습니까?"

"태평군 무덤이지요."

"마안 산을 내려올 때도 무덤을 많이 봤는데 그것도 태평군들 무덤입니까?"

"그렇지요. 태평군이 여기서 만 명 넘게 죽었는걸요."

털보 사나이가 또 끼어들었다.

"시마구나 다수바오에 가 보면 거기도 무덤이 엄청 많아요. 다수바오에서만 이천 명이 죽었습니다. 지금도 밤이 깊을 땐 그들이 우는 소리를 들을 수 있다니까요."

"그럴 리가 있습니까."

"정말입니다. 특히 바람이 불고 비가 오는 밤이면 울면서 '복수해다오! 복수해다오!' 하고 소리를 친답니다. 우리도 여러 번 들었습니다."

마오쩌둥은 말없이 고개를 숙였다.

그즈음 류보청이 안순창 거리를 가로질러 오더니 경례를 했다.

"마오 주석 동지, 왜 여기 있습니까? 모두 기다리고 있습니다."

"다들 이 강을 사납다고 하기에 한번 보고 싶었어요."

마오쩌둥이 류보청을 보면서 말했다.

"보청, 진사 강에서도 배를 빼앗아 오더니 여기서도 배를 얻었군. 무슨 도깨비 같은 수를 쓴 겁니까?"

류보청은 안경 뒤의 외눈을 슴뻑이면서 계면쩍게 웃었다.

"적 대대장이 배를 한 척 보내 줬지요. 그야말로 귀신이 놀랄 일입니다."

마오쩌둥은 라이즈중 이야기를 듣고는 크게 웃었다. 류보청은 강 건너편을 가리키며 어제 전투를 보고했다. 그들은 강기슭을 떠나 안순창 거리를 천천히 걸었다.

"지금 얼마나 건너갔지?"

마오쩌둥이 걸으면서 물었다.

"배가 너무 작아서 한 번에 마흔 명밖에 건널 수 없습니다."

류보청이 한숨을 쉬었다.

"이제 겨우 한 개 연대가 건너갔습니다."

"배를 더 얻을 수는 없습니까?"

"하류에 두 척이 있다고는 하는데 너무 작답니다."

"그래요. 두 척 가지고는 안 될 일이지."

마오쩌둥이 손을 꼽으며 말했다.

"진사 강에선 더 큰 배로도 꼬박 이레가 걸렸어요. 이대로라면 아마한 달은 걸릴 겁니다. 보청. 쉐웨의 53사단이 사흘 전에 후이리까지쫓아왔어요. 며칠이면 올 수 있는 거리입니다."

"그렇지요. 총사령관하고 저우언라이 동지도 너무 느리다고 하더군요."

"그럼 우리는 아직도 석달개의 궁지에서 못 벗어났다는 말이 되지않습니까. 아직도……."

마오쩌둥은 굳은 얼굴로 느릿느릿 곱씹었다.

"그렇습니다."

류보청도 무거운 얼굴로 고개를 끄덕였다.

"또 비가 오려는가 봅니다. 다리는 전혀 놓을 수 없단 말이지?"

마오쩌둥은 고개를 들고 하늘과 산마루의 검은 구름을 바라보았다.

"그렇습니다. 시험 삼아 해 보았는데 뗏목을 띄우자마자 휩쓸려 가더군요."

"루딩 교 말고는 다른 다리가 없습니까?"

"없습니다."

류보청이 고개를 저었다. 마오쩌둥은 한동안 생각하더니 단호하게
말했다.

"루딩 교를 빼앗지 않고서는 안 되겠어요."

"아주 특이한 다리라고 들었습니다. 허공에 걸린 몇 가닥 쇠사슬 위
에 널빤지를 놓은 거랍니다. 여기서 삼백이십 리나 떨어져 있지요."

"그래도 빼앗아야 합니다. 그리고 빨라야 해요."

마오쩌둥이 덧붙였다.

"내 생각에는 루딩 교 쪽으로도 적들이 몰려들 겁니다."

"그렇겠지요."

"군대를 두 갈래로 나누어 강을 끼고 올라가는 게 가장 좋겠어요. 그렇게 되면 적들이 지키기 어렵겠지요."

류보청이 눈을 반짝거리며 고개를 끄덕였다.

"무슨 말씀인지 잘 알겠습니다."

"보청, 지금도 걱정이 크지만 요 며칠은 한시도 마음을 놓을 수가 없었습니다. 최악의 경우도 생각해 보았어요. 다두 강을 못 건너게 된다면 에돌아 시캉으로 가더라도 석달개 꼴이 나선 안 됩니다."

마오쩌둥의 눈빛에서 고집스러운 힘이 느껴졌다.

홍군 지도부는 서둘러 회의를 열어, 군대를 두 갈래로 나누어 강을 끼고 올라가서 루딩 교를 빼앗기로 결정했다.

한 갈래는 류보청과 녜룽전이 홍군 1사단과 간부 연대를 이끌고 안순창에서 강을 건너 동쪽 기슭을 따라 북상하고, 다른 한 갈래는 린뱌오가 홍군 2사단과 1군단 군단 지휘부와 5군단을 이끌고 서쪽 기슭으로 북상하는 것이었다. 중앙 종대와 군사 위원회 종대는 그 뒤를 따라가기로 했다. 안순창에서 루딩 교까지 삼백이십 리나 되는 거리를 사

홀 안에 가야 했다.

다두 강 서쪽 기슭을 따라 북상하는 선두 부대는 홍군 4연대였다. 1926년 5월, 예팅葉挺 엽정이 이 연대의 연대장을 맡았다. 1차 국공합작 시기, 이 연대는 독립 연대라고 불리는 북벌군 선두 부대였다. 부대원 가운데 공산당원이 많았는데, 팅쓰차오와 허성차오賀勝橋 하승교에서 벌어진 전투에서 우페이푸의 군대를 쓸어버렸다. 들판에는 적들의 시체가 널렸고 우페이푸 군대의 주력 부대는 흔적도 없이 사라졌다. 이 전투로 독립 연대라는 이름을 널리 알렸다.

난창 봉기와 샹난湘南 상남 폭동에 참가한 뒤에는 주더와 천이를 따

라 징강 산으로 올라갔다. 거기서 소비에트를 지키느라 숱한 전투를 치르면서 부대의 전투력은 날로 강해졌다.

지금 이 부대의 연대장은 스물일곱 살 난 왕카이샹王開湘 왕개상이었다. 그는 장시 이양弋陽 익양 사람인데 팡즈민方志敏 방지민이 이끄는 부대에 있다가 4연대로 왔다. 겉보기에는 마르고 작아 수수해 보였지만 작전 경험이 풍부한 데다가 전투에 임할 때면 놀랍도록 침착했다. 게다가 벌써 사단장을 맡은 적이 있어 이래저래 마음이 놓였다.

정치위원 양청우楊成武 양성무는 올해 스물한 살인데 마르고 큰 키에 생김새가 아주 준수했다. 푸젠 창팅 중학교에서 공부했는데 집이 가

난해서 공산당원 교사와 금세 가까워졌다. 그 뒤 폭동에 참가했고 마오쩌둥과 주더가 푸젠 서부에 왔을 때 홍군에 들어왔다. 양청우는 1933년에 벌써 연대 정치위원을 맡았다.

그는 생기 있고 활발해서 어느 부대에 가든 열심이었다. 작전뿐만 아니라 파리 잡기 시합이나, 물 긷기 시합, 마당 쓸기 시합 같은 자잘한 겨루기에서도 다른 부대에 뒤지지 않으려 했다. 젊고 혈기 왕성한 사람이라 4연대하고도, 연대장 왕카이상하고도 제법 죽이 잘 맞았다.

안순창에서 루딩 교까지 다두 강은 남에서 북으로 흘렀다. 강 양쪽

은 모두 아스라이 높은 산이고 구불구불한 오솔길만이 하염없이 산허리를 감고 올라갔다. 행군을 하면서 졸다가는 언제 강으로 떨어져 고기밥이 될지 몰랐다. 하지만 행군 첫날은 그런대로 순조로웠다. 가면서 전투를 하고도 팔십 리를 걸었다.

그런데 이튿날 동틀 무렵, 대오가 몇 리도 못 갔을 때 가라말 한 필이 뒤에서 바람처럼 달려왔다. 군단 지휘부 통신원이었다. 그는 말에서 뛰어내려 문서를 건넸다. 군단장 린뱌오와 정치위원이 서명한 긴급 명령문이었다.

군사 위원회에서 좌로군은 반드시 29일 안으로 루딩 교를 빼앗으라는 전보를 보내왔다. 행군 속도를 더 높여서 이 영광스럽고 위대한 임무를 완수하라. 당신들은 전선의 영웅들이며 홍군의 모범이다. 당신들이 이 일을 해내리라 믿는다.

양청우는 문서를 연대장에게 넘겨주었다. 왕카이샹은 그걸 보고 나더니 한참 말이 없었다. 그는 가방에서 지도를 찾으며 말했다.

"오늘이 28일이니까 내일이 바로 29일입니다. 시간이 하루밖에 없어요."

"그렇습니다. 고작 하룻밤 하루 낮이지요."

양청우가 대답했다. 왕카이샹의 여윈 얼굴에는 쓴웃음이 떠올랐다.

"이백사십 리를 하루에 걸어야 하다니……. 다오저우道州 도주를 습격하면서 하루에 백육십 리를 걸었던 게 최고 속도였어요."

양청우도 그 속내를 짐작하고도 남았다. 하지만 달리 방법이 없었다.

"물론 대단히 힘들겠지요. 하지만 왕 동지, 이건 명령이 아닙니까?"

부대는 걸음을 다그쳤다. 양청우는 만약 부대를 멈춰 세우고 명령을 전달하면 시간이 걸리니 정치부 전사들을 각 중대로 보내 행군을 하면서 명령을 전달하도록 했다. 군사 위원회의 명령을 드팀없이 따라 밤낮으로 이백사십 리를 걸어 내일 새벽 여섯 시까지 루딩 교에 이르러야 한다고 강조했다.

전사들은 더 속도를 내 힘차게 걸었다. 양청우가 그 모습을 얼마쯤 바라보다가 말에서 풀썩 뛰어내렸다.

"정치위원 동지, 무슨 일입니까?"

소년 호위병 바이白 백가 달려왔다.

"별일 아닙니다. 걷고 싶어서 그래요."

"걷다니요? 안 됩니다. 상처가 아직 다 낫지 않았습니다."

"괜찮을 거예요."

호위병은 양청우가 고집을 부리자 연대장에게 달려갔다.

"양 동지, 왜 이러는 겁니까?"

왕카이샹이 물었다.

"모두들 신나게 걸어가는데 나도 다리 힘 좀 길러야지."

"그 다리로 되겠나?"

"걱정 말아요."

양청우는 고삐를 호위병에게 넘기더니 총총히 걸어갔다.

오전에는 별 탈이 없었다. 오후에 높은 산 하나를 넘는데 산 위에서 총소리가 나면서 부대가 멈춰 섰다. 왕카이샹과 양청우가 앞으로 달려갔다.

"왕 동지, 어쩔 겁니까?"

양청우가 왕카이샹을 보며 물었다. 이 산은 오솔길 하나만 산꼭대

기로 통해 있는데 오른쪽은 절벽이고 왼쪽도 빠져나갈 길이 없었다.

"공격합시다. 사람이 많이 필요 없고 한 개 반이면 됩니다."

왕카이샹이 산세를 자세히 살펴보고 나서 조용히 대답했다. 둘러선 사람들이 못 미더운 눈길로 바라보자 태연하게 웃었다.

"저 안개가 우릴 지켜 줄 겁니다."

과연 안개가 가까이 선 나무도 안 보일 만큼 점점 더 짙어지고 있었다.

"그래요. 될 것 같군요."

양청우가 말했다.

전사들은 총칼을 꽂고 수류탄을 넉넉히 챙겨 산꼭대기로 올라갔다.
이십 분쯤 지나자 산꼭대기에서 수류탄 터지는 소리가 우렁차게 들렸
다.

"나팔을 부세요. 어서 나팔로 응원을 해 줘야 합니다."

양청우가 뛰면서 소리쳤다. 나팔 소리와 함께 산 위로 쳐 올라갔다.

전투는 금방 끝났다. 적은 북쪽으로 달아났다. 그런데 도망치면서
산 아래에 있는 다리를 끊어 버리는 바람에 전사들은 나무를 베어 다

리를 놓는 수밖에 없었다. 아까운 시간을 두 시간이나 쓰고 말았다.

날이 저물었다. 십 리쯤 가자 행군 속도가 눈에 띄게 느려졌다. 웃음소리도 사라지고 말하는 사람도 없었다. 대신 누구 배에선지 꼬르륵꼬르륵 소리만 들려왔다. 왕카이샹이 양청우 곁으로 다가가서 조용히 말했다.

"양 동지, 밥을 먹어야지 않겠습니까? 말이고 사람이고 간에 몹시 지친 것 같아요."

양청우는 난처한 얼굴로 한참 망설이다가 대답했다.

"일곱 시가 지났는데 아직도 백십 리를 더 가야 해요. 밤길이라 걷는 게 더 힘든데, 자리 잡고 앉아서 밥을 해 먹다 보면 두 시간은 늦어질 겁니다. 그럼 내일 새벽 여섯 시 전에 닿을 수 없을 거예요. 연대장 동지, 어떻게 하는 게 좋겠습니까?"

왕카이샹은 대꾸가 없었다. 양청우가 다시 말을 이었다.

"좀 더 버텨 봅시다. 누구나 쌀은 있으니 몇 줌 먹고 물을 마시라고 하세요."

왕카이샹도 고개를 끄덕였다.

사람들은 걸으면서 쌀 주머니에서 생쌀을 꺼내 먹었다. 그러고 나니 힘이 나고 걸음도 빨라졌다.

날은 금세 캄캄해졌다. 드문드문 치던 번개가 점점 잦아지자 불빛이 끊임없이 번쩍였다. 그 불빛에 이따금씩 산허리로 난 꼬불꼬불한 오솔길을 걷고 있는 대오의 모습이 어슴푸레 드러났다. 우렛소리가 거세지면서 강물 소리와 뒤섞여 하늘땅을 쩡쩡 울렸다.

급기야 폭우가 쏟아졌다. 굵은 빗방울이 허기지고 지친 대오를 사정없이 후려쳤다. 몇 분이 지나자 전사들은 마치 물에서 건져 낸 사람들처럼 후줄근해졌다. 산골짜기는 마치 한껏 달궈 놓은 가마솥처럼 들끓었다.

폭우가 지나갔지만 비는 좀처럼 그치지 않았다. 어둠은 더 짙게 깔렸다. 앞 사람도 제대로 보이지 않았다. 조금 전만 해도 번개가 칠 때마다 달릴 수도 있었지만 지금은 걸음을 떼기도 힘들었다. 게다가 길이 질척거려 여기저기서 철퍽철퍽 넘어지는 전사들이 많았다. 다른 때 같으면 다들 한바탕 시원스레 웃을 일이지만 지금은 짜증이 나고

배가 고파 웃음도 나오지 않았다.

전사들은 각반을 풀어 길게 이어서 그 끈을 잡고 더듬으며 걸었다. 짐을 진 취사병 몇이 비탈 아래로 굴러떨어졌다. 사람들은 다두 강으로 떨어질 뻔한 취사병들을 겨우겨우 붙잡아 끌어올렸다. 대오는 더 느릿느릿 걸었다.

"연대장 동지, 이대로라면 언제 도착하겠습니까?"

한 참모가 소리쳤다. 벌써 몇 번 넘어진 탓인지 목소리에 화가 묻어

있었다. 왕카이샹은 대꾸하지 않았다. 시속 오 킬로미터도 안 되는 속
도였다. 그는 고개를 돌려 양청우의 옷자락을 당기며 나직이 말했다.

"양 동지, 어쩌면 좋겠습니까?"

양청우도 생각에 잠겨 말이 없었다. 이때 누군가 놀라 소리쳤다.

"횃불입니다! 적입니다."

양청우가 건너편을 바라보니 과연 붉은 횃불이 가득했다. 하나,
둘, 셋……, 갈수록 많았다. 길게 이어진 횃불이 강을 따라 끊임없

이 움직였다.

"루딩 교를 지키러 가는 적의 증원 부대 같습니다."

왕카이샹이 중얼거리듯 말했다. 양청우가 갑자기 눈을 반짝이며 왕카이샹을 보았다.

"우리도 횃불을 듭시다."

"적들이 당장 우리를 발견할 것 아닙니까? 여기는 강폭도 좁은데."

"같은 편인 척하면 되지요!"

왕카이샹이 좀 망설이다가 고개를 끄덕였다.

"좋습니다."

대오는 한 마을에서 걸음을 멈췄다. 홍군은 마을 사람들에게 대나무 바자를 통째로 사서 횃불을 만들었다. 참모들은 쓰촨에서 사로잡은 포로 몇 사람과 연대 지휘부의 나팔수를 불러 단단히 일렀다.

대오는 계속 전진했다. 끝없이 이어진 붉은 횃불들이 산을 감고 흐르면서 루딩 교 쪽으로 달리고 있었다.

잠시 뒤 건너편에서 찢어지는 듯한 나팔 소리가 들려왔다. 무슨 부대냐고 묻는 적의 나팔 신호였다. 나팔수가 태연하게 같은 편이라고

화답했다. 하지만 일이 여기서 끝난 건 아니었다. 건너편에서 쓰촨 사투리로 크게 소리치며 물었다.

"어이, 어이, 도대체 어느 부댄가?"

쓰촨 포로 몇이 전에 속해 있던 부대의 번호를 댔다. 그러자 상대방은 아무 말도 없었다.

"아무렴, 워낙 진짜니까!"

양청우는 활활 타오르는 횃불을 높이 추켜든 채 웃었다.

비는 여전히 그칠 생각을 하지 않았다. 양청우는 연대장과 의논한 뒤 행군하는 부대의 발목을 잡는 무거운 무기와 짐 그리고 수장들이 타는 말을 모두 뒤에 오는 부대에 맡기기로 했다. 제 시간에 닿자면 하는 수 없었다. 왕카이샹은 양청우의 말만큼은 끌고 가야 한다고 고집했다. 그러자 양청우가 손을 홱 저으며 말했다.

"연대장 동지, 한 번만 모른 척해 주세요. 모두들 걷는데 정치위원이 어찌 말을 타고 가겠습니까?"

그러고는 얼른 대오 속으로 끼어들었다.

사람들은 횃불을 높이 추켜들고 계속 전진했다. 속도가 많이 빨라졌다. 하지만 바람 소리, 빗소리, 다두 강의 물소리 때문에 마음은 여전히 서늘했다. 더구나 오솔길은 어디나 기름이 발린 듯 미끄러워서 넘어지는 사람이 자꾸 생겼다. 하지만 전사들은 힘이 났다. 백 미터도 안 되는 강 건너편에 적을 두고 걷다 보니 경보 시합이라도 하듯 좀처럼 뒤쳐지려고 하지 않았다.

점차 빗줄기가 더 굵어지고 밤은 깊어 갔다. 갑자기 강 건너편에서 횃불이 멈춰 서더니 하나 둘씩 꺼졌다.

"적들이 섰다!"

사람들이 기뻐서 소리쳤다.

"그렇군. 견딜 수 없었나 봅니다."

양청우가 햇불 아래서 웃으며 말했다. 그는 아끼는 회중시계를 꺼
내 보았다. 벌써 새벽 한 시였다.

"동지들, 빨리 갑시다. 여섯 시 전에 닿을 수 있겠습니다."

줄을 이은 햇불들이 더 빨리 움직이기 시작했다. 마치 시뻘건 용이

구불구불 나는 것 같았다.

마침내 부대는 루딩 교에 이르렀다. 양청우가 회중시계를 꺼내 보고는 빙그레 웃었다. 아직 여섯 시도 채 안 된 시간이었다. 그즈음 바람도 자고 비도 그쳤다. 아침 해가 서서히 떠올랐다. 전사들이 너도나도 한마디씩 했다.

"이놈의 하늘이 우리 홍군이랑 맞서려 드는군. 다 오니까 비가 그치다니."

루딩 교에서 오백 미터쯤 떨어진 곳에 자그마한 마을이 하나 있었다. 그곳 천주교회에 홍군 4연대 지휘부를 마련했다. 왕카이샹과 양청우는 숨 돌릴 새도 없이 대대와 중대 간부들을 데리고 다릿목에 가서 지형을 살폈다. 쉰 살 남짓한 농민 한 사람이 길잡이로 따라붙었다.

서쪽 다릿목은 벌써 홍군이 차지했다. 왕카이샹 일행은 다릿목에 있는 농가에 몸을 숨기고 적정을 관찰했다. 강 건너 높다란 강기슭에 자리 잡은 루딩 성瀘定城 노정성 바로 앞으로 루딩 교가 버티고 서 있었다. 다릿목에는 모래주머니로 쌓은 사격 진지가 있고 그 사이로 총구멍이 보였다.

수만 명의 목숨이 달려 있는 루딩 교를 보는 순간 사람들은 깜짝 놀랐다. 다리 위에 깔려 있어야 할 널빤지가 없었다. 매끈한 쇠사슬 열세 가닥만이 사납게 흐르는 강 위에 높다랗게 드리워져 있었다. 어젯밤 비바람을 무릅쓰고 흙탕물에 뒹굴면서 목숨 걸고 달려온 결과가 이 차디찬 쇠사슬 몇 가닥이라니……. 양청우와 왕카이샹은 머리가 쭈뼛해서 한동안 말을 잃었다.

"노인장, 널빤지는 언제 거둬 갔습니까?"

양청우가 물었다.

"어젯밤에 거둬 갔지요. 횃불과 등불을 켜 들고 밤새 설쳤답니다."

농민이 건너편을 가리키며 대답했다.

양청우는 차갑게 번쩍거리는 쇠사슬을 살펴보았다. 사발만큼 굵고 큰 쇠고리로 이어진 사슬이 건너편 루딩 성 쪽으로 축 늘어져 있었다. 모르긴 해도 이백 미터는 족히 될 것 같았다. 가운데 쇠사슬 아홉 갈

래가 다리 바닥이고 양쪽으로 두 가닥씩 있는 사슬이 난간처럼 잡기
위한 것이었다. 평소에 널빤지 위로 걸을 때도 다리가 흔들거리는 통
에 아주 무시무시하다는데 맨 쇠사슬 위로 대체 어떻게 건넌단 말인
가?

"다리가 얼마나 깁니까?"

왕카이상이 농민에게 물었다.

"길지도 짧지도 않지요. 여덟 자 너비에 여든 장쯤 됩니다."

"아⋯⋯."

대대장, 중대장들이 모두 있는 자리라 왕카이샹은 뒷말을 흐렸다. 여덟 자에 여든 장이면 폭이 이삼 미터, 길이가 이백오십 미터쯤 된다는 말이었다. 이만한 거리라면 그냥 기어가는 것도 힘들 것 같았다.

"무기를 잘 배치해서 엄호하지 않으면 안 되겠군."

왕카이샹은 오랫동안 말이 없다가 양청우를 바라보며 말했다. 양청우는 고개를 끄덕였다.

뒤로는 절이 두 개 보였다. 하나는 높은 언덕 위에 서 있고 다른 하나는 언덕 아래에 있었다. 왕카이샹은 한동안 바라보더니 물었다.

"저건 무슨 절입니까?"

"언덕 위에 있는 절은 관인거觀音閣 관음각이고 아래에 있는 절은 거다먀오戈達廟 과달묘입니다."

"거다먀오라니요?"

"거다는 힘깨나 썼다는 티베트 족 이름입니다."

농민이 쇠사슬 다리를 다릿목에 고정시킨 커다란 쇠말뚝을 가리켰다.

"전설에는 저 두 쇠말뚝을 모두 거다가 옮겨 왔다고 합니다. 힘이 어찌나 센지 하나에 천팔백 근이나 되는 말뚝을 겨드랑이 밑에 하나씩 끼고 왔다지요. 하지만 나중에 지쳐 죽었답니다."

왕카이샹이 웃으면서 대꾸했다.

"이 두 절을 발판으로 삼으면 안성맞춤이겠군. 거다를 보고 또 한 번 힘을 내라고 합시다."

이때 따따따 하고 총알이 날아들더니 벽돌 부스러기가 이리저리 튀었다. 곧이어 루딩 교 건너편에서 고함 소리가 들려왔다.

"공비들아, 어서 날아와 봐! 이 총이 애타게 네놈들을 기다린다니까……."

다릿목에 있던 홍군 전사들도 뚜르륵 총을 쏘아 대며 욕을 퍼부었다.

"흰 개들아, 기다려! 어르신은 썩은 총보다 이 다리가 필요하다!"

천주교회로 돌아오는 길에는 아무도 말이 없었다. 머릿속에 사나운 물결과 허공에 들린 쇠사슬 다리만 맴돌 뿐이었다. 모두들 자기네 중대가 돌격 임무를 맡는다면 어떻게 아홉 가닥 쇠사슬 위로 걸음을 옮길지 고민하고 또 고민했다.

소대장부터 간부들이 죄 천주교회에 모였다. 양청우가 연설을 하고 있는데 갑자기 꽈르릉 소리와 함께 박격포 포탄 하나가 지붕 위로 떨어졌다. 천장에 구멍이 뻥 뚫리고 집 안에 흙먼지가 우수수 떨어졌다.

하지만 웬만한 일은 다 겪어온 데다가 놀라고 당황하는 모습을 부끄럽게 여기는 홍군 내부의 분위기 때문인지 사람들은 눈 하나 깜짝하

지 않았다. 양청우도 대수로울 것 없다는 듯 모자를 벗어 흙을 툭툭
털며 말했다.

"적들이 와서 이렇게 부추기니 더 말할 필요도 없겠습니다. 자, 그
럼 돌격대 임무를 맡을 중대는 나서기 바랍니다."

말이 떨어지기 바쁘게 한 사람이 벌떡 일어섰다. 2중대 중대장 랴
오다주廖大珠 요대주였다. 말수가 적고 앞에 나서서 말하는 일은 더욱
드문 사람이었다. 그러다 보니 랴오다주나 그가 이끄는 2중대나 놀랄
만한 공적 같은 건 단 한 번도 세운 적이 없었다. 남 보기에 그저 평범
하고 수수한 부대였다. 지금 전투력이 뛰어나다는 중대들도 머뭇거리
는 참인데 랴오다주가 이처럼 중요한 임무를 맡겠다고 나서니 놀라지
않을 수 없었다.

"우, 우리 2중대는……."

사람들의 눈길이 한꺼번에 쏠리자 그는 얼굴이 빨갛게 달아올랐다.
마음만 바쁠 뿐 하고 싶은 말은 얼른 나오지 않았다. 랴오다주는 숨을
깊게 몰아쉬더니 참았던 한마디를 기어코 내뱉었다.

"우리한테는 왜 임무를 주지 않습니까!"

'음, 그런 불만이 있는 줄은 몰랐군.'

양청우가 랴오다주를 바라보며 생각했다.

"저, 저번 우 강을 돌파하는 임무는 1중대가 받았습니다. 그리고 쭌
이를 두 번째로 치는 임무는 3중대에 배정되었습니다. 나, 나중
에……."

랴오다주는 여태까지 임무를 나누면서 불공평했던 일들을 죽 늘었
다. 평소에 말이 없다 뿐이지 속은 옹골차서 묵은 일들을 마음속에 낱

낱이 새겨 두었나 보았다.

곧이어 여러 중대장들이 다투어 일어나 이런저런 까닭을 대며 돌격 임무를 자기네 부대로 맡겨 달라고 말했다. 양청우는 속으로 랴오다주를 점찍어 놓았다. 하지만 속내를 감추며 왕카이샹을 한 번 바라보고는 사람들에게 말했다.

"결정은 연대장에게 맡깁시다."

왕카이샹은 양청우의 뜻을 알아채고는 돌격대 임무를 2중대에게 맡긴다고 말했다. 랴오다주는 어린아이처럼 웃었다. 사람들은 뜨거운 손뼉으로 북돋아 주었다. 2중대를 안쓰럽게 여기는 마음과, 그 임무가 자기네 부대로 떨어지지 않아 안도하는 마음이 복잡하게 뒤엉킨 손뼉이었다.

회의가 끝나자 빠릿빠릿하고 전투 실적이 뛰어난 중대장 왕유차이 王有才 왕유재가 양청우를 찾아와서 따졌다.

"왜 우리 3중대를 보내지 않는 겁니까? 우리 3중대가 어디가 부족합니까!"

"임무를 번갈아 맡아야 하지 않겠습니까? 동지들은 2중대 뒤를 따라가며 널빤지를 까세요."

전사들은 한 끼 푸짐하게 먹고 실컷 잤다. 오후 네 시가 다가오자 연대에 있는 모든 경기관총, 중기관총과 군단의 박격포를 다릿목 양쪽에 배치해 놓았다.

왕카이샹은 붉은 색으로 칠을 한 거다먀오에 무기를 여러 겹 배치해 맞은편에 있는 적의 사격 진지를 공격하기로 했다. 공격할 때 한꺼번에 기세를 올리기 위해 나팔수들도 한데 모아 두었다.

랴오다주가 이끄는 돌격대원 스물두 사람은 다릿목 가까이에 있는 가게에 몸을 숨겼다. 전사들은 저마다 큰 칼을 메고 단총이나 자동 소총을 들었고 허리에는 일여덟 개씩 수류탄을 찼다. 땀에 절어 소금기가 밴 군복을 입은 이도 있고 아예 웃통을 벗어 버린 채 구릿빛 어깨를 드러낸 사람도 있었다.

양청우와 왕카이샹은 모제르총을 들고 다릿목 양쪽으로 가서 섰다.

오후 네 시. 왕카이샹이 공격 신호를 보냈다. 가슴 벅찬 나팔 소리가 힘차게 울렸다. 경기관총과 중기관총이 그 소리에 맞춰 강 건너편으로 사격을 퍼부었다. 양쪽 부대도 발을 구르며 함성을 질렀다. 하늘과 땅을 메울 듯한 소리에 전사들의 마음은 세차게 뛰었다.

돌격대원 스물두 사람이 성큼성큼 걸어 나왔다. 키가 작은 랴오다주지만 이날따라 크고 듬직하게 보였다. 그는 반짝이는 눈으로 대원들을 죽 훑어보고는 나지막한 소리로 말했다.

"자, 갑시다!"

랴오다주는 굵은 쇠사슬을 잡고 짚신을 신은 발로 쇠사슬에 올라섰다. 쇠사슬이 흔들리면서 몸이 휘청했다.

열예닐곱 살 되는 먀오 족 소년이 뒤를 따랐다. 짜시의 오두막에서 주 총사령관이 직접 입대를 허락했던 양거였다.

다른 대원들도 쇠사슬을 하나씩 붙잡은 채 발을 옮겨 딛으며 앞으로 움직였다. 어떤 이는 몸을 숙여 번들번들한 쇠사슬을 틀어쥐고 조금씩 앞으로 나갔다.

적들이 총탄을 퍼붓기 시작했다. 총알이 쇠사슬에 맞아 불꽃이 튀었다. 하지만 전사들은 그 총알이 보이지 않았다. 총알보다 귀가 먹먹하게 울리는 강물이 더 무시무시했다.

양청우는 쇠사슬을 타고 가는 전사들한테서 눈을 떼지 못했다. 귀가 멀 듯한 물소리와 자지러지는 총소리도 들리지 않았다. 그의 마음은 흔들거리는 쇠사슬을 따라 출렁이는 전사들처럼 요동치고 있었다. 쇠사슬 위에서 휘청거리거나 흠칫하는 전사를 보면 자기 발밑도 출렁

이는 듯했다.

양청우는 맨 뒤에 처진 전사를 눈여겨보았다. 그는 얼마쯤 기어가다가 멈춰 서서 강물을 내려다보더니 얼굴이 해쓱하게 질렸다.

가만히 보니 지난해 5차 반 포위 토벌 때 입대한 전사였다. 땅을 나눠 받고 고운 아내까지 맞아 편히 살고 있다가 소비에트를 지키겠다며 여남은 청년들과 함께 홍군에 들어왔다.

이야기도 재미있게 하고 노래도 잘 불렀다. 병사 위원회 일에도 열

심이었다. 부대가 소비에트를 떠날 즈음 아내가 그를 만나러 왔지만 때마침 볼일을 보러 나가고 없었다. 이튿날 부대가 출발하고 나서야 그는 사람들과 함께 부대를 바래러 나온 아내의 얼굴을 볼 수 있었다. 아내는 시원스럽게 "그러면 승전한 다음에 다시 봐요." 하고 말했지만 아쉽기 짝이 없었다. 장정을 하면서도 그는 자주 정치위원에게 물었다.

"도대체 어디로 가는 겁니까? 언제면 장시 옛 근거지로 돌아갑니까?"

바로 그 전사가 맨 뒤에 처진 것이다. 다릿목에서 누군가 소리쳤다.

"누가 물에 떨어졌다!"

다리 위에 있는 전사들은 말할 것도 없고 다릿목에 서 있는 사람들도 순식간에 얼굴이 질렸다.

"침착하십시오!"

멀리서 위엄에 찬 외침 소리가 들려왔다. 랴오다주의 목소리였다. 랴오다주는 전사들을 한 사람씩 돌아보았다. 대오는 곧 안정을 되찾

았다. 전사들은 다시 느릿느릿 앞으로 움직였다. 맨 뒤에 가던 전사는 보이지 않았다.

맨 앞에 가는 전사는 얼굴이 검고 아주 잘생긴 청년이었다. 장시 광창 사람인데 적들이 광창에 들어왔을 때 온 식구가 죽고 시집간 누나만 남았다. 그는 집에 다녀오더니 며칠을 울었다. 그 뒤로 봇짐에 꼭 누나가 삼아 준 신을 넣고 다녔다. 언젠가 신이 없어 맨발로 행군을 하면서도 그 신은 신지 않았다. 어쩌면 지금도 그가 메고 있는 자그마

한 봇짐 안에 그 신이 들어 있을지도 몰랐다.

그는 귀가 먹먹하게 울리는 강물을 보지 않으려는 듯 고개를 건뜻 쳐들고 커다란 도마뱀이 기어가듯 빠르게 나아갔다. 그게 두려움을 덜기 위해 일부러 그런 것인지, 아니면 죽음 따위는 두렵지 않아서 그런 것인지는 알 수 없었다.

돌격대원들 가운데 가장 날렵해 보이는 사람은 양거였다. 그는 쇠사슬 위에서도 원숭이처럼 재빨랐다. 심지어 중대장의 허리춤에 잘못 끼워져 있는 물건을 바로 넣어 주기도 하면서 침착하게 움직였다.

"좋습니다. 대단해요. 마침내 건너가고야 말았군."

왕카이샹은 손수건을 꺼내 이마를 닦았다. 손수건은 땀으로 후줄근

했다. 양청우도 참았던 숨을 내쉬는데 갑자기 누군가 소리쳤다.

"불이야! 불이 붙었다!"

건너편 다릿목에 짙은 연기가 솟아오르며 주황색 불똥이 치솟더니 순식간에 불길이 세차게 번졌다. 적들이 홍군의 공격을 막으려고 불을 지른 것이 분명했다. 다릿목에 다다른 랴오다주와 전사들은 당황했다. 쇠사슬 위로 기어가던 돌격대원들이 멈춰 섰다. 멀리서도 전사들이 어찌 할 바를 몰라 머뭇거리는 모습이 보였다. 양청우가 모제르 총을 높이 휘두르며 맑고 카랑한 목소리로 외쳤다.

"동지들! 승리가 눈앞에 있다. 머뭇거리지 말고 돌격하라! 돌격하라! 돌격하면 승리다!"

다릿목에 있던 사람들도 따라서 소리쳤다.

"당황하지 말고 돌격하라!"

"불을 두려워 말고 돌격하라! 돌격하라!"

돌격대원들은 서서히 침착함을 되찾았다. 랴오다주가 고개를 돌려 뒤에 뭐라고 소리치더니 등에 멘 큰 칼을 쑥 뽑아 들고 앞장서서 불길 속으로 달려 들어갔다. 불빛 속으로 랴오다주가 모자를 휙 벗어 버리는 모습이 보였다. 모자는 불길에 휩싸여 다두 강으로 떨어졌다. 다른

대원들도 잇달아 불길 속으로 뛰어들었다. 이윽고 다릿목 둘레에서 수류탄 터지는 소리가 들려왔다.

돌격대가 길을 열자 3중대는 모아 온 널빤지를 재빨리 건너편 다릿목까지 깔았다. 양청우가 부대를 거느리고 널빤지가 깔린 다리 위를 건너갔다.

랴오다주와 돌격대원들은 큰 칼을 휘두르며 물불을 가리지 않고 적들한테 달려들었다. 다릿목에 이어진 거리에는 낡고 허름한 가게들이 늘어서 있었다. 이 자그마한 거리에서 육박전이 벌어졌다. 적들은 랴오다주와 돌격대원들을 둘러싸고 거세게 반격했다. 하지만 양청우가

거느린 부대가 곧 뒤따라 닿았다. 홍군은 또 한 차례 격전을 치르고 마침내 적을 무찔렀다. 살아남은 적들은 북쪽으로 달아났다.

홍군 1사단을 거느리고 동쪽 기슭을 따라 전진하던 류보청과 녜룽전은 자정이 지나 도착했다. 적 두 개 여단을 무찌르고 먼 길을 걸어온 탓에 몹시 지쳤다. 류보청은 앉자마자 말했다.

"뭐 맛있는 것 없습니까? 아무거나 좀 얻어다 주세요."

호위병 바이가 웃으며 대꾸했다.

"이 동네에서 제일 맛있는 것이래야 달걀에 삶은 국수일 텐데요."

"좋습니다. 좋아요. 그거면 됩니다."

호위병이 먹을 것을 마련하러 갔다. 류보청이 양청우에게 말했다.

"우리, 다리를 보러 갑시다."

양청우가 램프를 들고 앞장섰다. 일행은 오래되고 낡은 거리를 지나 다릿목에 이르렀다. 마침 휘영청 밝은 달이 중천에 떠올랐다. 얼랑산 꼭대기에 뭉게뭉게 떠 있는 구름이 달빛에 하얗게 빛났다. 루딩 교는 길다란 몸을 늘어뜨리고 강 위에 걸려 있었다.

류보청과 녜룽전은 널빤지를 밟으며 다리 위를 천천히 걸었다. 발밑으로 세차게 흐르는 다두 강을 내려다보다가 가끔 걸음을 멈추고 서릿발처럼 차가운 쇠사슬을 만져 보기도 했다.

두 사람은 아무 말도 없었다. 다리 한가운데 이르자 류보청이 갑자기 걸음을 멈췄다. 그는 쇠사슬을 만지작거리면서 아무 일도 없는 듯 한가롭게 흐르는 강물을 바라보더니 길게 한숨을 쉬었다. 그리고 발을 세 번 구르고는 말했다.

"루딩 교, 루딩 교! 너를 얻기 위해 우리 홍군은 목숨을 걸었다는 걸 아나? 이제는 이겼다. 우리가 이겼어!"

녜룽전도 감회가 깊어 말을 받았다.

"그래요. 중국 혁명은 또 앞으로 나아갈 수 있게 되었습니다."

양청우와 류보청, 녜룽전은 동쪽 다릿목에 서 있는 높은 돌비석 앞에서 걸음을 멈췄다.

"저건 뭐지?"

양청우가 제갈량이 5월에 루 강을 건너 남쪽으로 정벌하러 간 이야기가 적힌 돌이라고 대답했다. 그러자 류보청이 말했다.

"우리도 비석을 세워 우리 홍군의 영웅들을 기려야겠습니다."

녜룽전이 고개를 끄덕였다. 밤이 깊었다. 다두 강의 물소리는 더욱 거세게 들려왔다.

홍군 4연대가 루딩 교를 빼앗은 이튿날 린뱌오가 거느린 홍군 2사단과 군단 직속 대대도 도착했다. 저우언라이와 주더, 마오쩌둥도 차례로 이 자그마한 도시에 이르렀다.

국민당군의 다두 강 방어선은 홍군에게 루딩 교를 빼앗긴 뒤 무너지고 말았다.

류원후이가 이끄는 24군단은 톈촨 일대로 물러섰다. 청두에 있는 국민당군 참모진은 양썬에게 몇 개 여단을 보내 잉징榮徑 형경과 톈촨,

루산蘆山 노산 일대에 방어선을 치라는 급전을 보냈다.

중앙 홍군은 석달개와 같은 비극적인 운명에서 막 벗어나 한껏 들떴다. 하지만 홍군 앞에는 새로운 위험이 도사리고 있었다.

13장 눈 덮인 자진 산을 넘다

　홍군 선두 부대는 벌써 톈촨으로 출발했다. 1방면군 지도부는 재빨리 전진해 어서 4방면군을 만나고자 했다.

　지난해 장정을 떠난 뒤 지금까지 일곱 달이 넘도록 날마다 행군하고 싸우느라 중앙 홍군은 발붙일 자리를 찾지 못했다. 곁에 있던 전우가 한 사람 한 사람 쓰러지면서 부대는 갈수록 세가 줄었다. 전사들은 몸도 마음도 지쳐 갔다. 그런데 지금 강한 형제 부대가 앞에 있다는 소식을 듣고 다들 크게 흥분했다.

　얼랑 산은 루딩 성 곁에 우뚝 솟아 있었다. 가장 높은 봉우리는 해

발 삼천이백 미터였다. 부대는 산을 오르기 시작했다. 산 중턱에 올라 뒤를 돌아보니 깊은 골짜기를 흐르는 다두 강이 가는 뱀처럼 아스라이 보였다.

부대는 원시림으로 들어섰다. 그곳은 그야말로 딴 세상이었다. 하늘이 보이지 않을 만큼 나무가 우거져서 좀체 볕이 들지 않았다. 숲 속은 하루 종일 어두침침했다.

발밑은 해묵은 나뭇잎들이 두툼하게 깔려 있어 푹신푹신했다. 어떤 곳에는 빗물과 썩은 잎이 고여서 쿰쿰한 곰팡내가 풍겼다. 길을 막고

넘어져 있는 고목을 넘는 일이 가장 힘들었다. 힘들여 치우지 않으면 넘어갈 수도 없었다.

저우언라이는 호위병들과 함께 대오를 따라 걸었다. 얼굴은 구이저우에 있을 때보다 더 여윈 데다 체력도 많이 떨어졌지만 생기가 도는 큰 눈과 멋진 수염은 그대로였다.

그는 여전히 홍군에서 가장 바쁜 사람이었다. 중요한 일을 결정할 때는 반드시 그의 손을 거쳤다. 결정된 일을 실행하고 점검하는 일도 그의 몫이었다.

구이저우에서 말에서 떨어진 뒤 동지들이 그의 일을 덜어 주려고

애썼지만 별로 나아진 것은 없었다. 게다가 류보청이 선두 부대 사령
관을 맡게 되자 총참모장이 해야 할 일이 다시 그의 어깨에 떨어졌다.
쉴 시간이라고는 없었다.

저우언라이는 호위병들이 힘들어할 때마다 이야기를 들려주기도 하
고 우스갯소리도 하면서 기운을 북돋아 주려고 애썼다.

일행은 오후에야 비로소 간주 산竹山 감죽산 꼭대기에 올랐다. 원시
림을 벗어나 씻은 듯 맑고 푸른 하늘과 장막처럼 펼쳐진 구름, 그리
고 푸른 바다처럼 펼쳐진 산을 바라보니 우울하던 마음이 대번에 탁
트였다.

"우리 여기서 숨을 좀 돌립시다!"

저우언라이가 커다란 바위에 걸터앉으며 말했다. 호위병들도 가까이 둘러앉았다.

햇빛이 비치자 흰 구름은 유난히 새뜻하고 가벼워 보였다. 서남쪽에 있는 높은 산은 더 장관이었다. 구름 위로 우뚝 솟은 눈 쌓인 봉우리는 새하얘서 눈이 아렸다.

"저 산은 무슨 산이길래 저렇게 높습니까?"

싱궈가 산을 가리키며 물었다.

"아마 궁가 산貢嘎山 공알산일거야."

저우언라이가 대답했다.

"해발 칠천 미터인데 우리 중국에서 두 번째로 높은 산이지."

"우리 중국에는 산이 정말 많은 것 같아요."

싱궈가 말했다.

"우리 장시도 온통 산, 산, 산인데 나와 보니 더 많을 줄 어찌 알았 겠습니까. 후난에도 산, 구이저우에도 산, 윈난에도 산, 쓰촨에도 산……. 언제쯤이면 이 산을 빠져나갈 수 있을까요?"

"벌판은 국민당 놈들이 싹 차지해 버렸잖아!"

소년 호위병 웨이魏 위가 입을 삐죽거렸다.

"어서 벌판으로 나가면 좋겠어요."

싱궈가 한숨을 쉬고는 고개를 돌려 물었다.

"4방면군과 합류한다고 하지 않았습니까? 언제쯤이면 만날 수 있을 까요?"

"곧 만날 수 있을 거예요."

저우언라이가 빙그레 웃으며 말했다.

"4방면군은 어디에 있는데요?"

"민 강 상류 일대에 있지."

"거긴 사람이 얼마나 됩니까?"

"우리가 장시를 떠날 때랑 비슷할걸."

"이야, 정말 멋진데요. 합치면 십만이 될 테니까 한번 해 볼 만하겠 어요."

저우언라이도 웃으며 맞장구를 쳤다.

"우리도 그렇게 생각하고 있어요."

싱궈는 신이 나서 손짓발짓까지 해 가며 말했다.

"먼저 청두 평원을 점령하고 다음에 쓰촨 전체를 먹어야지요."

"이 친구 정말 통이 큰데."

저우언라이가 싱궈의 어깨를 툭 쳤다.

"동지 말마따나 우리 두 방면군이 만나기만 하면 얼마든지 새로운 상황을 열어 나갈 수 있을 겁니다."

웨이도 눈을 깜빡이며 즐거운 목소리로 말했다.

"그럼 난 먼저 신부터 갈아 신어야겠어. 당장 신 삼을 천 쪼가리도 없단 말이야."

웨이는 닳아 빠진 신발을 쳐들어 보였다.

"저우 부주석 동지, 밥이나 드시죠. 저기 샘이 있습니다."

싱궈는 미숫가루를 꺼낸 다음 벼랑 아래로 가서 물을 떠왔다.

얼마 뒤 그들은 대오를 따라 산을 내려갔다. 얼마 가지 않아 다시 원시림에 들어섰다.

저녁 무렵, 비가 내리면서 숲 속은 밤처럼 어두워졌다. 산비탈을 따라 흘러내린 흙탕물에 썩은 나뭇잎과 잡초들이 뒤엉켜 걸음마다 푹푹 빠져 들어갔다. 저우언라이는 아주 힘들게 걸었다. 이미 푹 젖은 검정 헝겊신이 진흙에 붙어 자꾸 벗겨졌다. 싱궈는 가방에서 끈을 두 오리 꺼내 신을 아예 발에 동여맸다. 그렇게 해도 한 시간에 이삼 리 밖에 갈 수 없었다. 아직 산 밑에 닿지 못했는데 날이 저물었다. 이제는 더 걸을 수가 없었다. 제자리에서 숙영하라는 명령이 떨어졌다. 호위병들이 양식 주머니를 열어 보니 미숫가루가 다 젖어 죽처럼 풀어져 있었다. 싱궈가 걱정스레 말했다.

"망할 놈의 산! 맑은 물도 없고, 밥을 먹긴 다 튼 것 같은데요."

저우언라이가 고개를 쳐들고 나뭇잎에서 흘러내리는 빗물을 보더니 웃으면서 말했다.

"이게 맑은 물 아닙니까."

싱궈는 힘없이 웃으며 컵을 꺼내 빗물을 받았다. 저우언라이와 호위

병들은 미숫가루를 얼마쯤 먹고 빗물을 마시는 것으로 저녁을 때웠다.

밥은 먹었지만 이제 잠자리가 걱정이었다. 아무리 살펴보아도 마른 자리라고는 손바닥만 한 곳도 찾아볼 수 없었다. 자기는커녕 앉을 곳도 없었다.

"저우 부주석 동지가 주무실 자리가 있어야 할 텐데."

"어제도 밤에 일을 하느라 잠을 설친 데다가 오늘 종일 걸었으니까 잠을 자야 하는데 말이야."

"이렇게 서서 밤을 새시게 할 수야 없지 않나?"

싱궈는 다른 호위병들과 머리를 맞대고 의논하다가 거의 울상이 되었다.

"동지들, 뭘 그렇게 골똘히 의논하고 있지?"

저우언라이가 나무에 기대 쉬고 있다가 호위병들이 모여 두런거리는 것을 보고 물었다.

"지금 저우 부주석 동지의 잠자리를 어찌 하나 연구하고 있습니다."

"연구할 필요 없어요."

저우언라이가 웃으며 말했다.

"동지들이 연구한다고 마른자리가 나겠습니까?"

"그럼 어떻게 쉬시겠습니까?"

저우언라이가 몸을 나무에 더 편안히 기대면서 대답했다.

"이렇게 자면 얼마나 좋습니까."

"어찌 그렇게 주무신단 말입니까?"

"왜 안 되지?"

저우언라이는 땅에 앉거나 나무에 기대 선 사람들을 가리켰다.

"남들은 다 되는데 나는 왜 안 된단 말입니까? 내 걱정은 말고 동지들이나 어서 쉬어요."

저우언라이는 나무에 기댄 채 눈을 감았다.

부대는 이튿날 날이 밝기도 전에 출발했다. 희미한 아침 햇살 속으로 긴 행렬이 푸른 계곡 물을 따라 구불구불 이어졌다. 이 계곡은 창강金江 창강이라고도 하고 칭이 강이라고도 했다. 쪽빛 강물은 바닥이 환히 들여다보일 만큼 맑았다. 강 양쪽으로 온갖 풀꽃이 우거져 있었다. 가끔 새 우짖는 소리가 들려왔다. 어젯밤 숲 속에서 내내 갑갑하게 지낸 터라 사람들은 마음이 활짝 개는 듯했다.

저우언라이와 호위병들이 십 리쯤 걸어갔을 때 앞에서 즐겁게 웃는 소리가 들려왔다. 가까이 가 보니 산 위에서 폭포가 흘러내리고 있었다. 폭포는 사람들 머리 위를 지나 문발처럼 골짜기로 쏟아져 내렸다. 청년 전사들이 먹이를 다투는 병아리처럼 컵을 들고 서서 샘물을 받고 있었다. 호위병들도 얼른 컵을 꺼내 물을 받으러 달려갔다.

저우언라이가 폭포를 지나 손수건으로 얼굴을 닦고 있을 때 싱궈가 샘물을 떠 왔다. 저우언라이는 단숨에 두 잔이나 마셨다.

"옛 책에 샘물처럼 달다는 말이 있더니 바로 이런 물을 두고 하는 말이군."

저우언라이가 떠나려는데 누가 달려왔다.

"보고드립니다. 저우 부주석 동지. 마오 주석 동지가 기다리고 계십니다."

마오쩌둥의 호위병 선이었다. 저우언라이가 물었다.

"마오 주석은 어디 계시지?"

"저기 산비탈에 계십니다."

선이 대답했다.

"이른 아침부터 기다리셨습니다."

산 위쪽 숲 속으로 희뿌옇게 색이 바랜 작은 나무 층집이 보였다. 저우언라이와 호위병들은 선을 따라 산비탈을 올랐다.

저우언라이가 집 안에 들어서니 마오쩌둥이 쪽걸상에 앉아 있었다. 무릎 위에는 커다란 쓰촨 성 지도를 펼쳐 놓고 고개를 숙인 채 지도를 들여다보는 중이었다. 얼마나 집중했던지 사람이 들어오는 것도 몰랐다.

"저우 부주석 동지가 오셨습니다."

선이 말했다. 그제야 마오쩌둥이 지도를 들고 일어섰다. 성큼 다가서는 저우언라이의 바짓가랑이와 신발에 진흙이 잔뜩 묻어 있었다.

"언라이, 얼마나 기다렸는지 압니까? 어서 와요. 오늘 얼랑 산에서 엄청 고생했나 보군. 언제나 날 앞서 가더니 이번에는 내 뒤로 처진 걸 보니."

"산에 마른 곳이 없어서 저우 부주석 동지는 밤을 서서 지샜습니다."

싱귀가 대답했다.

"힘들었겠군."

마오쩌둥이 한숨을 쉬면서 말했다.

"이 집 주인은 참 마음씨가 좋은 사람인가 봐요. 우리한테 죽 한 가마를 끓여 주었거든. 얼른 들어요."

저우언라이는 쪽걸상에 앉아서 죽을 먹으며 마오쩌둥의 말에 귀를 기울였다.

"지금 가장 중요한 일은 4방면군과 합류하는 겁니다. 이것이 우리의 전략 목표지요. 하지만 도대체 어느 길로 가야 할지 모르겠어요."

마오쩌둥은 호주머니에서 형편없이 구겨진 궐련을 꺼내 들더니 곧게 편 다음 불을 붙였다.

"민 강 상류까지 세 갈래 노선이 있어요. 한데 이 세 갈래 길은 저마다 위험이 도사리고 있지. 어젯밤 그걸 고민하느라 잠을 설쳤어요. 당신이 얼른 왔으면 하고 얼마나 바랐는지 모른다니까."

저우언라이는 죽 두 사발을 먹었더니 기운이 났다. 그는 나무 벽에 몸을 기대며 웃음을 띠고 물었다.

"세 갈래 노선이라면?"

마오쩌둥은 손가락으로 지도를 가리켰다.

"첫 번째 노선은 부대가 톈촨을 점령한 다음 야안 성 서부에서 충라이, 다이大邑 대읍를 지나 청두 벌과 관 현灌縣 관현을 거쳐 민 강 상류에 이르는 거지요. 두 번째 노선은 톈촨에서 루산, 바오싱寶興 보흥을 지나 마오궁懋功 무공에 이르러 다진 강과 샤오진 강 일대를 점령하는 것인데, 이 노선은 큰 설산 몇 개를 넘어야 합니다. 만년설이 쌓인 데다 산소가 모자라서 여태껏 대군이 넘은 일이 없어요. 세 번째 노선은 머리를 돌려서 캉딩, 단바丹巴 단바, 다진 강, 샤오진 강을 지나 아바阿壩

아패 일대로 가는 거지. 말하자면 인적이 드문 시캉을 질러가야 한단 말이지요."

마오쩌둥은 저우언라이에게 지도를 건네고는 쭈글쭈글한 궐련을 또 다시 입으로 가져갔다. 저우언라이는 지도를 보면서 한참 생각하더니 말했다.

"세 번째 노선은 더 생각하지 않는 게 좋겠어요. 우리는 양식이 모자랍니다. 그런데 인적이 드물다면 아무래도 부대가 보급을 받기 힘들 테고, 길이 너무 멀어서 지나고 나면 사람이 얼마 남지 않을 것 같아요. 첫 번째 노선도 문제가 많지. 청두 벌이라면 적들이 쉽게 많은

군대를 보낼 수 있으니까 우리는 다시 겹겹으로 포위당할 수도 있고 구이저우에서처럼 어려운 처지에 빠질 수도 있습니다. 그런데 우리는 지금 구이저우에 있을 때보다도 더 어려운 처지니까……."

저우언라이는 손가락 두 개를 내밀고 소곤거렸다.

"최근 통계를 보면 지금 우리는 이만 명도 안 된다고 해요."

어두운 그늘이 보일 듯 말 듯 마오쩌둥의 눈을 스쳐 갔다. 담배를 입가에 가져가던 손이 뚝 멈춰 섰다. 저우언라이가 잠깐 있다가 말을 이었다.

"설산을 넘는 두 번째 노선은 다른 노선에 견주어 가깝고 안전하다는 게 장점입니다. 적들은 우리가 가는 길을 막기 어렵겠지. 하지만 지금 동지들은 먼 길을 걸으며 싸우느라 몹시 지쳐 있어요. 게다가 겨울옷도 턱없이 모자라지요. 여태 어떤 대군도 지나간 적이 없는 길이니 절대 가볍게 보아서는 안 됩니다. 더 조사해 보고 나서 결정하는 게 좋겠어요.”.

마오쩌둥이 담뱃재를 털면서 고개를 끄덕였다.

“그래요. 나도 두 번째 노선에 마음이 쏠려요. 세 갈래 노선 모두 위험하지만 견주어 보면 그래도 설산을 넘는 게 나을 것 같거든. 누군가

설산을 넘은 사람이 있다는 건 우리도 넘을 수 있다는 얘깁니다. 모두들 서로 돕는다면 넘을 수 있겠지."

"물론이지요."

저우언라이가 대답했다.

"지금껏 해낼 수 없을 거라는 곳이 많았지만 우린 모두 지나오지 않았습니까."

"그래서 나는 루쉰魯迅 노신이 '본디 땅 위에는 길이 없었다. 다만 걸어가는 사람이 많아지면 그것이 곧 길이 되는 것이다.' 라고 한 말이 아주 마음에 듭니다."

마오쩌둥의 눈빛에서 자신감이 흘렀다.

"좋아요. 그럼 다시 회의를 열고 토론해 봅시다."

저우언라이가 말했다.

"두 분 말씀 중에 죄송합니다. 기밀과에서 전보를 갖고 왔습니다."

호위병 선이 알렸다. 통신원이 뒤따라 들어와 경례를 붙이고는 저우언라이에게 전보를 내밀었다. 저우언라이는 전보문을 보고 나서 마오쩌둥에게 건네면서 말했다.

"선두 부대가 톈촨을 점령했다는데."

마오쩌둥은 전보문을 보고 난 뒤 지도를 거두며 대꾸했다.

"언라이, 이젠 우리도 떠날 때가 되었군."

홍군 전사들은 큰 도시뿐 아니라, 좀 그럴듯한 도시나 그저 그런 현 소재지만 지나가도 좋았다. 필요한 물품들을 구할 수 있기 때문이다. 사실 작은 현 소재지에는 물건이라고 할 만한 것이 별로 없었다. 기껏해야 잡화 상점 몇 개에 포목점 하나. 쓰촨이나 광시, 윈난, 구이저우

에서 나는 진짜 약재를 판다고 자랑하듯 써 붙인 오래된 약방 하나가 있을 따름이었다. 하지만 별 볼일 없는 현 소재지라도 빼앗으려면 피를 흘려야 했다.

현 소재지인 톈촨에 들어가 하루 이틀 쉴 수 있는 것도 홍군에게는 아주 기쁜 일이었다. 푸른 띠처럼 맑은 칭이 강을 죽 따라가면 톈촨 성이 나왔다. 도시 곁에 있는 다강 산大崗山 대강산과 뤄치 산落七山 낙칠산 이 서로 마주 보며 돌문을 이루고 있는데, 그 문으로 들어가면 바로 톈촨 성이었다. 성 안에 들어서자 허름한 거리에 가게들이 적지 않게 늘어서 있었다.

한둥팅과 황쑤가 이끄는 연대도 톈촨 성에 이르렀다. 전사들은 여기서 꼬박 이틀을 머물면서 설산을 넘을 준비를 했다. 준비란 잘 먹고, 거리에 나가 일용품을 사고, 서둘러 짚신을 삼고, 양식을 마련하고, 최선을 다해 아픈 사람들을 돌보는 것이었다. 그런데 이보다 더 중요한 일이 바로 이를 잡는 것이었다. 홍군 전사들은 날마다 땀을 흘리는 데다가 옷을 제대로 갈아입지 못해 이가 한번 자리를 틀면 도통

나갈 생각을 하지 않았다. 너그럽게 대해 준다고 점잖아질 놈들이 아니니 하나라도 더 잡으려고 애쓰는 수밖에 없었다.

아픈 사람을 돌보는 일은 하루 이틀에 해결할 수 있는 문제가 아니었다. 약품이 턱없이 모자랐고 톈촨처럼 자그마한 도시에서는 그나마 얼마 살 수도 없었다. 쭌이에서 입대한 두톄추이는 걱정이 컸다. 함께 입대한 리샤오허우가 말라리아에 걸렸기 때문이다. 자그마한 얼굴은 턱이 더욱 뾰족해지고 두 눈은 사발만 하게 튀어나와 형편없었다. 리

샤오허우는 곁에 사람이 없을 때 두톄추이에게 슬쩍 물었다.

"소대장 동지, 언제쯤 구이저우로 돌아갈 수 있을까요?"

"왜? 집 생각이 나나?"

리샤오허우는 고개를 푹 숙이고 말없이 한참 망설이다가 입을 뗐다.

"여긴 생전 처음 보는 곳이잖아요."

두톄추이가 웃으며 위로했다.

"장시에서 온 사람들은 다들 대여섯 개 성을 지나왔어. 우리는 무산계급이야. 농민들처럼 종일 동구 밖에 선 목이 휜 버드나무만 바라보고 살 수는 없지."

리샤오허우는 얼굴을 붉히며 걱정스럽게 말했다.

"소대장 동지, 제가 설산을 넘을 수 있을까요?"

"걱정 말라구. 이 두테추이가 널 버릴까 봐."

두테추이는 리샤오허우가 먹을 약을 마련하고 짚신도 한 켤레 삼아 주었다. 리샤오허우는 조금 마음을 놓는 듯했다.

부대는 칭이 강을 따라 바오싱으로 전진했다. 칭이 강이 바로 앞에서 흘러가고, 골짜기는 갈수록 좁아졌다. 칭이 강도 자꾸 좁아져서 흔히 볼 수 있는 조그만 강이 되었다. 하지만 골짜기가 깊어서 물이 떨어질 때는 마치 야생 말이 날뛰는 듯했다. 급한 성질이 다두 강과 비슷했다. 산 밑을 내려다보면 산골짜기에서 흰 용이 꿈틀거리는 것 같

았다. 그 물줄기 위로 좁은 등나무 넝쿨 다리가 놓여 있었다. 칭이 강
은 자진 산ㅊ金山 협금산에 쌓인 눈이 녹아서 내려오는 물이라 물살이
셀 뿐만 아니라 뼈를 에일 듯 차가워서, 폭이 넓지 않아도 건너기 어
려웠다.

　루산을 지나 바오싱에 이르는 데는 이틀밖에 걸리지 않았다. 바오
싱 현은 인구가 천 명도 안 되는 동네였다. 골짜기 사이에 끼어 있어
어느 집이나 창문을 열면 푸른 산이 보였다. 시내에 길이라곤 하나밖
에 없는데, 끝에서 끝까지 걸어서 오 분도 걸리지 않았다. 이곳 사람
들 말처럼 어느 집에서 음식을 하면 온 시내에 냄새가 풍길 만했다.

홍군이 하도 빨리 오는 바람에 적들은 시가지를 반도 못 태우고 달아났다. 두톄추이네는 바오싱에서 하룻밤을 묵고 이튿날 아침에 설산 기슭에 있는 차오치礠磧 교적로 전진했다.

바오싱에서 차오치까지는 백 리쯤 되었다. 홍군은 가는 길에 아무런 공격도 받지 않았다. 적들은 홍군을 설산으로 몰아가 서서히 궁지에 빠뜨리려고 했다. 그렇다고 해도 홍군이 가는 길은 순탄하지 않았다. 적들이 벼랑에 나 있는 길과 다리를 부셔 놓았기 때문이다. 가는 길에 창톈 교長天橋 장천교라는 다리가 있었는데 길이가 수백 미터나 되었다. 암벽에 구멍을 내고 나무를 박은 다음 그 나무 위에 좁다란 널

빤지를 올려놓았는데 아래로는 칭이 강이 흘렀다. 하지만 지금은 구멍이 숭숭 난 암벽만 있을 뿐 널빤지가 없었다.

앞에서 길을 내던 공병들은 할 수 없이 강 양쪽으로 천을 길게 맸다. 사람들은 강물에 들어가 천을 붙잡고 강을 건너갔다. 두톄추이는 강을 건너며 리샤오허우가 격류에 휘말릴까 봐 내내 어깨를 꼭 잡고 걸음을 옮겼다. 하지만 뼈를 에이는 듯한 강물이 말라리아를 앓고 있는 사람한테는 아주 나빴다.

부대는 해가 지기 전에 차오치에 이르렀다. 차오치는 자진 산 기슭에 있는 작은 마을이었다. 홍군은 이곳에 지휘 본부를 차리고 자진 산을 넘기 위한 준비를 하나씩 해 나갔다.

마을은 겨우 백 가구가 될 듯 말 듯 자그마했다. 그나마도 지저분하고 낡은 나무집이 태반이었다. 주민들은 거의 티베트 족이었다. 한족은 몇 집 없었다. 자진 산 기슭이라고는 하지만, 사실 자진 산의 눈 쌓인 봉우리는 보이지도 않았다. 보이는 것은 여느 산과 다르지 않은 산봉우리들뿐이었다. 하지만 처음 오는 사람도 큼직한 태양이 전혀 따뜻하지 않다는 것을 금세 느낄 수 있었다. 마을 사람들은 가죽 등거리를 입고 한여름을 났다. 자진 산에서 몰려오는 한기 때문에 어디를 가나 쌀쌀했다.

두톄추이네는 예순 남짓 먹은 한족 노인이 살고 있는 집에 들었다. 땡볕에 얼마나 탔는지 노인의 얼굴은 거무죽죽했다. 막대기를 휘둘러야 거치적대는 것 하나 없이 가난한 살림이라 도망치지도 않았다. 두톄추이네는 노인과 같이 밥을 먹으면서 가까워졌다.

두톄추이가 더운물에 발을 씻는 리샤오허우를 거들어 주는데 커다

란 등거리를 입은 노인이 다가와서 곁에 쪼그리고 앉더니 물었다.

"자네들은 자진 산을 넘으려나 보군?"

두테추이는 고개를 끄덕였다.

"그건 놀음이 아닐세. 다른 곳으로 돌아가는 게 좋을 거야. 여기서
는 자진 산을 넘으려면 목숨을 하늘에 맡겨야 한다고들 하지."

"그렇게 무섭습니까?"

노인은 진지한 목소리로 속삭였다.

"그 산은 보통 산이 아니라 신령한 산이거든."

"아니, 어째서요?"

"내 말을 들어 봐요."

노인은 자그마한 대통을 꺼내 들고 기름에 전 담배쌈지를 꺼내 담배를 넣은 다음 불을 붙여 한 모금 빨았다.

"산에서는 큰 소리로 말하면 안 된다네. 목소리가 커서 산신령이 들으면 해가 쨍쨍 내리쬐던 하늘에서도 갑자기 우박이 쏟아지니까. 그리고 한번 앉으면 영영 못 일어난다구. 그게 다 신령님이 사는 곳이기 때문 아니겠나?"

리샤오허우는 두 눈이 휘둥그레졌다.

"에이, 설마요."

두톄추이가 크게 웃으며 대꾸했다.

"자진 산이 여기서 얼마나 멉니까?"

"골짜기를 따라 이십 리를 가면 량수이징凉水井 양수정이 나오지. 거기서 더 올라가면 바로 설산이야. 여기 사람들은 신자이쯔新寨子 신채자가 가까워지면 위패부터 세우라고 그러지."

"그건 무슨 뜻입니까?"

"무슨 뜻이겠나? 신자이쯔에서 위로 더 올라갈 생각이라면 먼저 자네 위패를 만들어 놓으라는 게지. 돌아올 수 있을지 누구도 알 수 없으니까."

노인의 말에 소름이 오싹 끼쳤다. 자그마한 방에 한기가 가득 찬 것처럼 사람들은 몸이 으슬으슬했다. 두톄추이의 얼굴에서도 점차 웃음기가 가셨다.

"신자이쯔가 제일 오르기 힘든 곳인가요?"

"아니야. 주아오스싼포九坳十三坡 구요십삼파라는 곳이 또 있지. 거기에 올라가면 귀신이 발목을 잡아당긴다고들 하지."

"귀신이 발목을 잡아당기다니요?"

"그러니 자진 산이 괴상하다는 게지."

노인은 담뱃재를 털어 버리고 다시 채웠다.

"사실 그 비탈이 가파르지는 않네. 그런데 젖 먹던 기운까지 짜내서 걸어도 귀신이 다리를 잡고서 놔주지 않는 것처럼 걸음을 옮길 수가 없거든."

그 말에 발을 씻던 리샤오허우가 멍해졌다. 그는 정말 귀신한테 잡히기라도 한 것처럼 멍청하게 자기 발을 내려다보았다.

"주아오스싼포를 지나면 꼭대기입니까?"

"그렇지. 바로 왕무자이王母寨 왕모채 일세. 산꼭대기에 지은 절이야. 산에 올라간 사람은 모두 왕무자이에 가서 머리를 조아리고 향과 돈을 조금 내놓으면서 서왕모한테 감사를 드리지. 하지만 열 사람이 올라갔다고 다 산을 넘을 수 있는 것은 아니야. 왕무자이에 이르면 함께 간 사람이 곁에 있는지 살펴보라고 하는 게 바로 그런 뜻일세. 그리고 무엇보다 살살 조심스럽게 걸어다녀야 해. 그렇잖으면 굴러떨어져 뼈도 못 추릴 거야."

"뼈도 못 추리다니요?"

"그 깊은 눈 골짜기에 굴러떨어지면 어찌 뼈를 추릴 수 있겠나?"

리샤오허우가 겁에 질려 움츠렸다. 두톄추이는 분위기를 바꿀 생각으로 웃으며 물었다.

"노인장께서는 몸소 올라가 보셨습니까, 아니면 들은 얘기입니까?"

"물론 직접 올라가 보았지."

노인이 자신 있게 대답했다.

"그럼 갔다가 돌아오시지 않았습니까?"

두톄추이가 말했다.

"그래. 돌아왔지. 그런데 어떻게 돌아온 줄 아나?"

노인은 한숨을 쉬었다.

"열 몇 사람이 남의 물건을 지고 올라갔는데 산에서 누군가 입을 열기 무섭게 갑자기 어두워지면서 우박이 쏟아지는 거야! 나는 지고 간

물건을 다 팽개치고 겨우 내려왔네. 함께 간 사람 둘을 그곳에 두고
왔지."

　이때 대대장 진위라이가 들어왔다. 두테추이는 예의 바르게 일어섰
다. 리샤오허우도 다급히 발을 닦고 일어서려는 걸 진위라이가 말렸
다.

　"무슨 얘기가 그렇게 재미납니까?"

　진위라이가 웃으며 물었다.

　"어르신한테서 자진 산 이야기를 듣고 있었습니다."

두테추이가 대답했다.

"얘기를 듣는 게 좋지요. 저도 금방 한 할아버지한테서 이야기를 들었는데 확실히 만만하게 볼 산이 아니더군요."

진위라이가 고개를 끄덕이며 말했다.

"그런데 너무 신기하게만 얘기합니다. 산에서 큰 소리로 말하지 말아라, 앉아도 안 된다 하니 말입니다."

두테추이가 못마땅하게 대꾸했다.

"하지만 잘 생각해 보면 그런 일이 일어날 만한 까닭이 있습니다."

진위라이가 차근히 설명했다.

"이 산은 충라이 산 최고봉인데 산세가 험하고 높이가 해발 사천이백육십 미터나 된다고 합니다. 우리가 넘을 산마루도 사천백십사 미터라거든요. 그러니 산소가 모자라서 숨 쉬기조차 힘들고 한번 앉으면 다시 일어날 힘이 없다는 거지요. 그리고 사람이 큰 소리로 말하면 공기가 울려서 눈사태가 날 수도 있다는 것인데, 그거야 소리를 치지 않으면 그만 아니겠습니까."

두테추이와 노인이 자리를 권했지만 진위라이는 일이 있다며 손을 저었다.

"위에서는 산을 넘을 수 있게 준비를 잘하라지만 여기선 딱히 살 게 없습니다. 술은 없어서 못 사고 생강과 고추를 좀 샀는데 받아 가세요. 사람마다 지팡이를 꼭 준비해야 합니다. 내일 날 밝기 전에 떠나 점심에는 산꼭대기를 넘어야 합니다. 안 그러면 골치가 아플 거예요."

그는 리샤오허우를 걱정스러운 눈으로 바라보며 말했다.

"샤오허우, 이젠 떨리지 않겠지!"

"이제 괜찮습니다."

리샤오허우가 조그맣게 웅얼거렸다.

"그치만 이 신령한 산을 제가 살아서 넘을 수 있을지 어떻게 알겠어요."

"신령한 산이면 어떻습니까."

진위라이가 웃으며 말했다.

"마오 주석 동지와 저우 부주석 동지가 까짓거 신령하고 한번 겨뤄보라고 하셨습니다."

그러고는 고개를 돌려 두톄추이를 보았다.

"가장 중요한 것은 아픈 사람들입니다. 몇 사람이 모둠을 꾸려 한 사람씩 꼭 책임지도록 하십시오."

사람들은 진위라이를 문밖까지 바랬다. 진위라이가 고개를 돌리며 웃었다.

"샤오허우, 걱정하지 말아요. 동지가 쭌이에서 폭죽을 들고 우리를 맞았는데 우리가 어찌 동지를 산에 두고 가겠습니까."

리샤오허우는 걱정을 던 듯 마주 웃었다.

이튿날 새벽 서너 시쯤 부대는 산으로 출발했다. 량수이징에 이르러서야 동이 텄다. 부대는 여기서 잠깐 모였다. 중앙 종대와 군사 위원회 종대도 뒤따라왔다. 사람들이 입은 옷을 보니 그야말로 가관이

었다. 알록달록 갖가지 색깔인 데다가 사람마다 막대기를 하나씩 들고 있었다. 전사들은 오늘 설산을 넘기 위해 보따리 속에 간직해 온 옷을 모두 꺼냈다. 노획한 국민당군 군복도 있고 호족을 쳐서 얻은 옷도 있었다. 물론 홑옷 밖에 없는 사람도 적지 않았다. 양식 배급도 변변찮기는 마찬가지였다. 사람은 많고 물자가 적어서 사람마다 고추 두 개 혹은 자그마한 생강 한 덩이를 받은 것이 다였다.

하지만 부대는 사기가 높았다. 아침에 새로운 소식을 들었기 때문이다. 가장 앞서 간 홍군 4연대가 어제 이 신령이 깃든 산을 넘어 다웨이達維 달유에서 홍군 4방면군 일부와 무사히 만났다고 했다. 이처럼 기쁜 소식은 없었다. 마치 땔나무에 기름을 두르고 불을 지핀 듯

사기는 순식간에 불길처럼 훨훨 치솟았다. 부대는 온통 흥분의 도가
니였다.

리샤오허우도 힘이 났다. 게다가 아침에 고추를 넣고 끓인 국을 두
사발이나 먹었더니 얼굴이 발그레 달아올랐다.

사람들이 산에 오를 준비를 마무리하는 사이 중앙 종대 앞에서 쉬
터리와 셰줴짜이 사이에 실랑이가 벌어졌다. 쉬터리는 양가죽 두 장
과 새끼를 들고 셰줴짜이를 쫓아가고 셰줴짜이는 이리저리 피하면서

자꾸 뒷걸음질했다. 쉬터리가 소리쳤다.

"어서, 어서 입게."

그러자 셰줴짜이가 말했다.

"됐어요. 난 싫어."

"셰 털보, 자네 그 몸으로는 안 된다니까."

"싫다고! 당신이 나보다 나이가 많지 않나."

셰줴짜이가 이리저리 몸을 피하자 쉬터리가 뒤에서 쫓았다. 쉬터리가 약이 올라 소리쳤다.

"셰 털보, 지금이 어느 때라고 안 입는단 소리를 하나."

구경하던 사람들도 웃음을 터뜨리며 권했다.

"어르신, 입으세요!"

실랑이가 계속되자 휴양 중대 사람들이 나와 셰줴짜이를 둘러싸더니 다짜고짜 양털 한 장은 가슴에 대고 다른 한 장은 등에 댄 다음 새끼로 튼튼하게 매 주었다. 쉬터리는 그제야 웃으며 대오 속으로 돌아갔다. 두톄추이와 리샤오허우도 모처럼 큰 소리로 웃었다.

사람들은 주의 사항을 듣고 나서 한 줄로 산을 오르기 시작했다. 두톄추이는 리샤오허우가 한결 밝아 보이자 마음을 놓았다. 길에는 어디나 풀이 무성했고 온갖 들꽃이 피어 있는 것이 여느 산과 별다른 데가 없었다. 바람이 시원해서 오히려 기운이 났다. 전사들은 신이 나서

산 노래를 불러 제꼈다.

두 시간을 걸어 산허리에 이르자 조금씩 눈이 보이기 시작했다. 남방에서 온 전사들은 태어나서 처음으로 눈을 보고는, 세상에 이처럼 깨끗하고 아름다운 물건이 있나 하고 신기해했다. 눈 쌓인 곳 가까이에는 어디라 할 것 없이 라오톈훙繞天紅 요천홍이라는 빨간 꽃이 피어 있었다. 불같이 새빨간 꽃이 마치 하늘을 감싸듯 여기저기 떼 지어 피었는데 새하얀 눈과 어울려 산뜻하고 선명했다. 잎이 넓고 커서 연잎처럼 생긴 풀도 있었다. 자그마한 노란 꽃이 몹시 고왔다. 전사들에겐 이 모든 것이 아름답고 새롭게 느껴졌다.

태양은 높이 떠올랐다. 밝은 햇빛이 눈 쌓인 봉우리를 비추자 눈이 아려 똑바로 쳐다볼 수가 없었다. 리샤오허우가 눈을 가늘게 뜨고 웃었다.

"소대장 동지, 이게 눈이래요. 정말 굉장해요!"

두테추이가 사방을 둘러보니 과연 여태까지 한 번도 본 적이 없는 멋진 경치였다. 뭉게뭉게 떠 있는 흰 구름은 햇빛을 받아 새하얀 옥처럼 보였고, 끝없이 이어진 새하얀 봉우리들은 저마다 어여쁜 자태를 뽐냈다. 구름 위로 드러나 있는 봉우리가 있는가 하면 흰 구름을 이고

있는 봉우리도 있었다.

리샤오허우는 눈을 한 줌 쥐고 먹으면서 말했다.

"이 산이 어디 오르기 힘듭니까? 신령님의 산이라고 허풍을 떨더니."

하지만 곧 거무충충한 구름안개가 나타났다. 둘레가 흐리터분해지더니 조금 전까지 보이던 눈 쌓인 봉우리들이 하나도 보이지 않았다. 찬 기운이 싸늘하게 몰려오고 천둥소리가 들려왔다. 갑자기 광풍이 몰아치고 눈발이 날리면서 우박이 마구 쏟아졌다. 사람들의 고함 소

리와 말들이 울부짖는 소리가 순식간에 대오를 뒤덮었다.

두톄추이가 등에서 우산을 꺼내 리샤오허우를 씌워 주려고 했지만 우산은 펴자마자 바람에 휘말려 날아갔다. 리샤오허우는 얼굴에 눈을 가득 뒤집어쓴 채 입술이 새파랗게 질려서 덜덜 떨었다. 이불을 꺼내 머리부터 감싼 사람이 있는가 하면 세숫대야를 머리에 뒤집어쓴 사람도 있었다. 우박이 떨어지자 북 두드리듯 세숫대야에서 쟁강쟁강 소리가 시끄럽게 울렸다. 두톄추이는 리샤오허우의 짐에서 작은 회색 담요를 꺼내 접은 다음, 끈을 꿰어 망토처럼 씌워 주었다.

"괜찮아, 샤오허우. 조금만 버티면 끝날 거야."

　말라리아는 무엇보다 추위를 피해야 했다. 한데 어제 칭이 강을 건넌 데다 오늘 찬비를 맞아 리샤오허우는 금세 병이 도졌다. 리샤오허우는 얼굴이 발갛게 달아오른 채 이리저리 휘청거렸다. 이마를 만져 보니 불처럼 뜨거웠다.

　"샤오허우, 또 열이 나나?"

　리샤오허우는 대답할 힘도 없는지 고개만 끄덕였다. 두톄추이는 리샤오허우의 총과 쌀자루를 자기 어깨에 멨다. 그러고는 리샤오허우를 붙들고 힘겹게 걸어갔다. 산 위에 눈이 너무 많이 쌓여 걸음마다 푹푹 빠지는 바람에 두 사람은 점차 대오에서 뒤처졌다.

대오에서 떨어진 사람들은 한옆으로 비켜서 걷느라 더 힘들었다. 전진하는 대오한테 거치적거리지 않으려면 하는 수 없었다. 두톄추이의 겉옷은 눈이 녹아서 젖고 속옷은 땀에 젖어서 어느새 군복이 후줄근해졌다. 이때 옆으로 지나가던 대오 속에서 누군가 말을 걸어왔다.

"혹시, 두톄추이 동지 아닙니까?"

두톄추이가 옷소매로 얼굴에 맺힌 물기를 훔치며 고개를 들었다. 흩날리는 눈보라 속으로 허리가 구부정하고 키가 커다란 사람이 힘겹게 걸음을 옮기고 있었다. 홑겹 회색 군복 바지는 흠뻑 젖은 데다가 까만 헝겊신도 물을 먹어 반들거렸다. 마오쩌둥이었다. 호위병들은 누런 기름 헝겊을 마오쩌둥의 머리 위에 펼쳐 들고 우박을 막으려 애썼다. 바람이 휘몰아치자 헝겊이 날리며 미친 듯이 펄럭거렸다. 마오쩌둥은 빙그레 웃으며 고개를 끄덕이고는 지나갔다. 그런데 두어 걸음 가다가 다시 고개를 돌렸다.

"뒤에 말이 있으니까 아픈 사람을 태우고 가세요."

그러고는 고개를 쳐들고 성큼성큼 걸어갔다. 호위병이 마부를 불렀다. 마부는 갈기에 얼음을 잔뜩 매단 부루말을 끌고 다가왔다.

끊임없이 내리치는 우박이 싫은지 말은 고개를 쳐들고 자꾸만 울부짖었다. 두톄추이는 리샤오허우를 겨우 말에 태웠다. 그는 리샤오허우더러 얼굴을 잘 감싸고 말갈기를 꽉 잡으라고 이르고는 말 곁에 바싹 붙어 서서 걸었다. 둘레는 금세 어두컴컴해졌다. 마치 밤길을 걷는 듯했다. 갑자기 들이닥친 우박은 이삼십 분쯤 쏟아지다가 잦아들었다. 하늘이 조금씩 밝아 왔다. 곧 짙은 구름이 걷혔다. 하늘은 씻은 듯이 맑고 동쪽에 걸린 붉은 해가 봄꽃처럼 아름답고 요염했다. 번개가 치고 천둥이 울리며 눈보라에 우박까지 쏟아지던 일이 마치 꿈처럼 느껴졌다.

이제 자진 산 최고봉이 보였다. 희미한 구름 속으로 눈 쌓인 높은 봉우리가 아스라이 솟아 있었다. 산등성이에 작은 절이 하나 보였다. 지나가는 사람이 눈구덩이에 빠지지 않도록 세워 둔 '망간^{望杆}' 이라는 장대가 그 곁에 꽂혀 있었다. 사람들은 승리를 눈앞에 둔 것처럼 기뻐했다. 산꼭대기가 바로 앞인 데다가 비탈이 느려 이제는 쉽게 넘을 수 있을 것 같았다.

그런데 갑자기 가슴이 맷돌에 짓눌리기라도 한 듯 갑갑해지면서 걸음을 떼기가 힘들었다.

'어이쿠, 이거 귀신이 드디어 내 발목을 잡는구나!'

두톄추이는 차오치에서 들은 말이 있으니 덜컥 겁이 났다. 다른 사람들도 숨을 거칠게 몰아쉬면서 힘겹게 걷고 있었다.

잠시 서서 숨을 고르는데 저만치 앞에 소년병을 부축하고 힘겹게 올라가는 여성 동지가 눈에 띄었다.

차이창^{蔡暢 채창}과 예쁘장한 얼굴이며 발그레한 볼이 꼭 복숭아 같다고 사람들이 '훙타오^{紅桃 홍도}' 라 부르는 소년 호위병이었다. 두 사람은 두세 걸음 걷고는 멈춰 서서 숨을 돌렸다. 두톄추이는 마부한테 리샤오허우를 맡기고 그쪽으로 다가갔다.

"누님, 제가 거들겠습니다."

차이창하고는 쭌이에서 얼굴을 익힌 사이였다. 그는 두톄추이를 보더니 고개를 끄덕였다.

"아, 두 대장장이로군요."

차이창은 호위병이 며칠 앓았는데 조금 전에 진눈깨비와 우박을 맞는 바람에 병이 더 깊어졌다고 말해 주었다.

소년은 얼굴이 백지장처럼 하얗고 입술마저 핏기가 하나도 없었다. 두톄추이와 차이창은 겨드랑이를 한 쪽씩 붙잡고 힘겹게 소년을 끌고 산을 올랐다.

산이 높아질수록 바람이 차가웠다. 커다란 태양은 따뜻한 기운이라고는 전혀 느껴지지 않았다. 찬 바람이 불어오자 소년은 몸을 부르르 떨며 자꾸만 이를 딱딱 부딪쳤다.

"훙타오, 많이 추워요?"

차이창이 걱정스럽게 물었다. 소년은 고개를 끄덕였다. 차이창은 걸음을 멈추더니 재빨리 군복을 벗고는 그 속에 껴 입은 자줏빛 스웨터를 마저 벗었다.

"시, 싫어요!"

그는 한사코 손을 저으며 마다했다. 두톄추이는 어쩌면 좋을지 몰랐다.

"말 들어요, 홍타오!"

차이창은 울고 있는 소년을 달래 스웨터를 입혀 주었다. 옷을 입으니 몸이 좀 따뜻해졌다. 하지만 홍타오는 두 사람의 부축을 받으며 백미터쯤 올라가다가 다리맥이 풀려 풀썩 주저앉고 말았다.

"홍타오, 안 돼요. 주저앉으면 안 돼요!"

차이창이 큰 소리로 말했다.

"이대로 쓰러지면 안 돼요, 홍타오."

두톄추이도 소년을 잡아 일으키며 소리쳤다. 하지만 그는 섰다가 금방 다시 주저앉았다. 굵은 눈물이 방울방울 떨어졌다.

"차이 누님, 안 되겠어요. 제가 누, 누님을 잘 돌봐 드리지 못했어요."

"홍타오, 그런 말 말아요. 자, 봐요. 산꼭대기에 다 왔어요."

차이창은 목이 메어 눈시울을 붉혔다. 홍타오는 어린아이처럼 순진한 두 눈을 크게 뜨더니 차이창을 또렷이 바라보았다.

"저희 엄, 엄마한테…… 편지, 편지를 써 주세요."

그러고는 두터운 눈 위로 쓰러졌다. 차이창이 그를 끌어 일으키며 소리쳤다.

"홍타오, 홍타오, 일어나요. 좀 더 버텨 봐요!"

두톄추이도 외쳤다.

"홍타오, 홍타오!"

하지만 그는 벌써 눈을 감은 뒤였다. 볼 위로 흘러내린 눈물도 벌써 얼어 있었다.

온갖 어려움을 이겨 낸 혁명가 차이창도 눈물을 걷잡을 수 없었다. 그는 홍타오를 붙들고 마치 자식을 두고 가는 어머니처럼 얼굴을 싸쥐고 엉엉 울었다. 두톄추이는 차이창이 이대로 지쳐서 쓰러지기라도 할까 봐 서둘렀다.

"차이 누님, 이젠 묻읍시다."

두톄추이는 총칼로 길가에 큰 눈덩이를 파고 차이창과 함께 홍타오를 묻었다. 홍타오는 차이창의 자줏빛 스웨터를 입고 설산에 잠들었다.

차이창과 두톄추이는 말없이 걸었다. 얼마 가지 않아 침통한 얼굴로 모여 선 사람들과 마주쳤다. 저우언라이와 주더도 그 속에 묵묵히 서 있었다. 사람들 앞에는 작은 눈 무더기가 보였다. 금방 만든 무덤이 틀림없었다.

"또 한 사람이 갔나 보군."

차이창이 나직이 말했다.

그때 산꼭대기에서 흥분 섞인 목소리가 들려왔다.

"동지들, 산꼭대기에 다 왔습니다. 조금만 더 견디면 승리입니다."

"저기서 고함치는 사람은 대체 누굽니까?"

"아마 선전대원일 거예요."

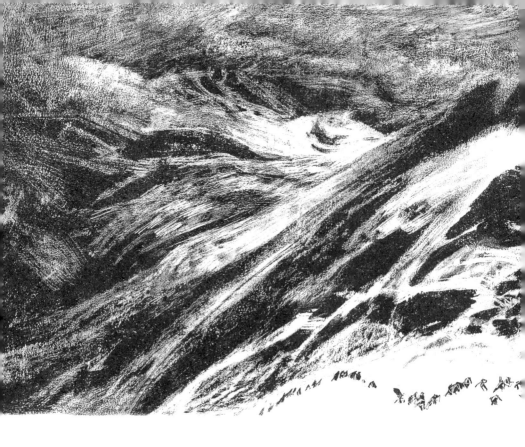

　차이창이 말했다.

　과연 산꼭대기가 눈앞에 있었다. 산등성이에서 붉은 기가 펄펄 휘
날렸다. 붉은 기는 마치 하얀 눈 위로 타오르는 불길 같았다. 바람 때
문에 당장이라도 하늘로 날아오를 듯 휘날렸다. 사람들은 마치 새로
운 힘이라도 얻은 듯 걸음이 빨라졌다. 차이창은 두톄추이에게 인사
를 하고는 자기 대오를 찾아갔다.

　두 산 사이 낮고 우묵한 곳에 이르러 보니 정말 '한포먀오^{寒婆廟 한파}
^묘'라는 절이 있었다. 어지럽게 쌓인 나무 막대기들이 절 앞으로 가득
했다. 이곳을 지나간 사람들이 기념으로 남긴 것이었다. 안에는 티베

트 여자들 모습을 꼭 닮은 조각상이 '하다哈達 합달'라는 흰 천을 두른
채 서 있었다. 향로 둘레로 살아남은 사람들이 기념으로 남기고 간 동
전과 지폐가 여기저기 굴러다녔다.

곧 산등성이에 닿았다. 선전대의 어린 전사들이 얼어서 푸르뎅뎅해
진 손을 꼭 쥐고 큰 소리로 구호를 외치고 있었다. 선전대원들은 늘
남보다 일찍 출발해 물감 통을 들고 다니면서 길에 표어를 썼다. 오늘
처럼 가장 힘들 때도 한발 앞서 움직이면서 전사들을 격려했다. 또 힘
들게 일하는 인민들에게 세상 돌아가는 소식을 전하기도 하고 이런저
런 공연으로 인민들을 기쁘게 하기도 했다. 두톄추이는 대견한 마음

에 한 사람 한 사람 어깨를 두드려 주었다.

　리샤오허우는 두톄추이가 만들어 준 망토를 쓰고 사람들 속에서 기웃거리고 있었다. 그는 두톄추이를 보더니 너무 기뻐서 마구 소리를 지르며 얼싸안았다.

　"샤오허우, 결국 이렇게 올라오지 않았나!"

　"그러게요. 올라왔지요!"

　리샤오허우가 웃으며 대답했다.

　"동지들이 저를 꼭대기까지 태워 주었어요."

　도졌던 말라리아도 이제는 나은 것 같았다. 걱정스럽던 모습은 흔

적도 없었다. 그런데 갑자기 누군가 두 사람의 어깨를 툭 치면서 그러 안았다.

"내내 동지들을 기다렸어요. 설산에서 뼈도 못 추린 줄 알았단 말입 니다."

대대장 진위라이였다. 세 사람은 큰 소리로 마음껏 웃었다.

"어서 내려갑시다. 4방면군 동지들이 우리를 기다리고 있답니다. 중국 혁명은 꼭 성공할 겁니다. 희망이 보입니다."

진위라이가 자신에 찬 목소리로 다짐하듯 말했다.

14장 드디어 만난 1·4방면군

　이제는 내리막길이었다. 산세가 어찌나 가파르고 미끄러운지 아예
주저앉아서 내려가는 사람도 있었다. 이 방법은 순식간에 널리 퍼졌
다. 사람들은 너도나도 미끄럼틀을 타듯 산 아래로 미끄러져 내려갔
다. 진위라이와 두톄추이, 리샤오허우도 미끄럼을 타며 내려갔다.

　눈길 아래로는 역시 붉디 붉은 라오톈훙과 황금빛 나는 작은 꽃들
이 하얀 눈을 뒤집어쓴 채 무더기로 피어 있었다. 아래로 이삼십 리를
더 내려가자 작은 호수가 나타났다. 바닥까지 환히 보일 듯 맑은 물에

눈 쌓인 봉우리들이 비끼어 몹시 아름다웠다. 호숫가 푸른 풀밭에는
검은 야크가 서너 마리씩 떼를 지어 풀을 뜯었다. 머리는 소 비슷하고
꼬리는 말 비슷했지만 소도, 말도 아니었다. 풀썩풀썩 뛰어가는 모습
이 어딘지 어정쩡해 보였지만 몹시 억센 짐승 같았다. 남방에서 온 전
사들은 야크가 신기해서 자꾸만 쳐다보았다. 기온도 산꼭대기보다 높
아 따뜻했다. 얼마 전까지 우박과 눈보라 속에서 힘겹게 걷던 일이 남
의 일인 듯했다.

사람들은 자연스레 4방면군과 합류하는 이야기를 하기 시작했다. 그것은 새로운 희망이자 눈앞에 닥친 어려움을 이겨 낼 수 있는 힘이었다. 발걸음도 가볍고 빨라졌다.

리샤오허우가 진위라이에게 물었다.

"대대장 동지, 4방면군하고 정말 합류하는 겁니까?"

"그럼 거짓말이겠습니까."

진위라이가 활짝 웃으며 말했다.

"산을 내려가면 만나게 될 겁니다."

"홍군 4방면군에는 사람이 얼마나 됩니까?"

"우리가 장시를 떠날 때하고 비슷하다지요."

"그러면 팔구만쯤 된다는 말인가요?"

"그럴 거예요."

"와, 그러면 우리 힘이 엄청 커지겠네!"

리샤오허우가 눈을 반짝거렸다. 두톄추이도 빙긋 웃었다.

"우리 힘이 원래 작지는 않지."

"후난·광둥에도 허룽과 런비스, 샤오커, 왕전 동지가 이끄는 2방면군이 있는데, 그 힘도 대단히 크지요. 1·2·4방면군은 우리 홍군의 세 주력 부대 아닙니까. 이 세 무쇠 주먹이 힘을 모으면 장제스를 뒤엎어 버릴 수 있어요."

진위라이가 싱글벙글해서 대꾸했다.

"만난 다음에는 어디로 갑니까? 계속 걷나요?"

"샤오허우."

질문이 따발총처럼 이어지자 진위라이가 웃으며 말했다.

"나도 거기까진 몰라요. 하지만 합류한 뒤에 몇 차례 크게 적들과 붙지 않겠습니까? 쉐웨나 류샹 같은 놈들한테 된맛을 좀 보여 줘야 하니까."

한창 흥겹게 이야기를 나누고 있는데 정찰병이 와서 보고했다.

"산을 내려가면 다웨이 진입니다. 4방면군 동지들이 우리를 맞을 준비를 하고 있답니다."

　진위라이는 곧장 한둥팅과 황쑤에게 달려갔다. 지도부에서는 행군
을 멈추고 장비와 옷매무시를 단정히 하라고 지시했다. 지팡이도 모
두 버리라고 했다. 하지만 아무리 애를 써도 초라한 옷차림과 알록달
록 제멋대로인 옷 색깔은 어쩔 수 없었다.

　한둥팅과 황쑤, 진위라이는 맨 앞에서 걸었다. 전사들의 사기는 하
늘을 찌를 듯했다. 그들은 설산에서 흘러 내려오는 차가운 물줄기를
따라 좁다란 골짜기를 걷고 있었다. 얼마 가지 않아 자진 산 어귀에
이르렀다. 앞으로는 온통 새하얀 물결로 뒤덮인 채 용솟음치며 흐르
는 강이 보였다. 아마도 샤오진 강일 터였다. 강 위로 난간이 달린 나

무다리가 놓여 있었다. 다리 건너에는 환영을 나온 건장한 전사들이 길을 사이에 두고 죽 늘어서 있었다.

한둥팅과 황쓔는 기운을 차리고 씩씩하게 산 어귀를 나섰다. 저쪽 대열에서 누군가 소리쳤다.

"동지들, 중앙 홍군이 옵니다!"

그러자 사람들이 모두 고개를 돌리더니 큰 소리로 외쳐 댔다.

"온다! 온다!"

한둥팅과 황쓔는 흥분을 억누르며 앞으로 걸어갔다. 이제는 환영을 나온 대열이 똑똑히 보였다. 4방면군 전사들은 모두 회색 군복을 단정

하게 입고 있었다. 붉은 별을 단 홍군 모자를 쓰고 각반을 차고 짚신을 신고 있었는데 팔각 모자가 더 큼직한 것 말고는 1방면군하고 얼추 비슷했다.

한둥팅과 황쑤가 아직 다리에 이르지도 않았는데 모여든 4방면군 전사들 사이에서 뜨거운 구호가 터져 나왔다.

"중앙 홍군을 환영한다!"

"1방면군 동지들 수고 많았다."

"1·4방면군 합류를 축하한다."

"큰일을 해낸 당 중앙을 존경한다."

구호는 평소처럼 단순했지만 목소리는 뜨거웠다. 멀고 험한 길을 걸어온 1방면군 전사들의 가슴도 뜨거워졌다. 엉엉 우는 사람도 많았다. 한둥팅과 황쑤도 눈물을 닦으며 주먹을 쳐들고 소리쳤다.

"환영해 준 4방면군 동지들 정말 고맙다!"

"4방면군 동지들을 따라 배우자!"

"뭉쳐서 더 크게 승리하자!"

"중국 노농 홍군 만세!"

"중국 공산당 만세!"

한둥팅이 막 나무다리를 넘어서자 맞은편에서 권총을 찬 젊은이가 재빠른 걸음으로 다가왔다. 나이가 엇비슷해 보이는 청년 간부 한 사람이 뒤를 따랐다.

"저는 선봉 사단 사단장 왕다산王大山 왕대산입니다. 리셴녠李先念 리셴녠 정치위원을 대신해서 동지들을 환영하러 왔습니다."

어깨는 널찍하나 허리가 잘록한 젊은이가 활짝 웃으며 한둥팅의 손을 꼭 잡았다. 그러고는 곁에 선 사람을 소개했다.

"우리 호랑이 연대 연대장 펑밍馮明 풍명 동지입니다."

키는 작지만 담차 보이는 젊은이가 쑥스럽게 웃었다.

한둥팅도 황쑤와 진위라이를 소개해 주었다. 그들은 서로 악수를 나눈 뒤 나란히 마을로 들어섰다. 뒤따라오던 대오는 난장판이 되었다. 한쪽은 겹겹으로 둘러싼 적을 헤치고 살아남은 대오였고 다른 한쪽은 두 번이나 근거지를 떠나 여러 도시와 요충지를 빼앗으면서 온갖 어려움을 이겨 낸 대오였다. 두 대오가 드디어 만난 것이다. 전사들의 마음은 벅차올랐다. 1방면군 전사들은 다투어 4방면군 동지들과 손을

맞잡았고 4방면군 전사들은 1방면군 동지들의 총과 짐을 나누어 메고
는 삼삼오오 떼를 지어 마을로 들어갔다. 대오는 웃고 떠들며 이야기
를 나누는 소리로 어지러웠다.

다웨이 진은 샤오진 강의 높다란 기슭에 자리 잡은 작은 마을이었
다. 위로 자그마한 언덕을 올라서야 비로소 마을이었다. 마을은 백 가
구가 채 되지 않았다. 그다지 길지 않은 거리가 하나 있고 거기에 오
래된 가게 몇이 터를 잡고 장사를 했다. 티베트 족과 한족이 섞여 사

는 곳으로 단순하게 지은 나무 층집이 많았다.

라마교 사원의 금빛 지붕이 붉은 석양에 비쳐 반짝거렸다. 붉은 담 안에 성처럼 자리 잡은 사원은 둘레에 빼곡한 농가에 견주면 너무나 으리으리했다. 왕다산과 펑밍은 한둥팅네를 라마교 사원으로 안내했다.

호위병들이 진작 사원을 깨끗이 치워 놓았는지, 안은 퍽 깨끗했다. 커다란 구리 주전자에서는 물이 펄펄 끓었다. 그들은 앉아서 차를 마시면서 이야기를 나누었다.

"왕 사단장 동지, 올해 나이가 어떻게 됩니까? 두 사람 모두 굉장히 젊어 뵈는데……."

한둥팅이 물었다. 왕다산은 손가락을 두 개 내 들고 웃으며 대답했다.

"네. 많지도 적지도 않습니다. 스무 살입니다."

"스무 살에 사단장이라니 대단합니다."

한둥팅과 황쑤, 진위라이는 모두 놀란 눈으로 그를 바라보았다. 왕다산이 웃으며 말했다.

"부대에 사상자가 너무 많아서 그렇습니다. 얼마 전까지만 해도 제가 호랑이 연대 연대장이었는데 지금은 펑밍이 물려받았습니다. 펑밍 동지는 올해 열아홉 살밖에 안 된걸요."

펑밍은 쑥스러워서 고개를 숙이고 어색하게 웃었다.

"보십시오. 처녀처럼 부끄럼을 타지 않습니까. 쓰촨·산시陝西 섬서 川陝 천섬 소비에트 구역에서 적들이 여섯 갈래로 공격해 들어올 때도 한 개 대대를 거느리고 여러 연대를 잇달아 물리쳤습니다. 한번은 한

꺼번에 몇 개 연대에 둘러싸였는데도 눈 하나 깜짝하지 않았답니다.
그런 사람이 낯선 사람만 보면 저렇게 얼굴을 붉히지요. 보세요. 지금
저 모양으로요."

왕다산의 말에 사람들은 너도나도 웃음을 터뜨렸다. 펑밍은 고개가
더 수그러들었다.

"4방면군 본부는 어디에 있습니까?"

황쑤가 물었다.

"북쪽의 리 현理縣 이현, 마오 현茂縣 무현과 원촨汶川 문천 일대에 있습
니다."

왕다산이 말했다.

"우리는 그곳에서 1방면군을 맞으라는 명령을 받았습니다. 쉬샹첸 총지휘관 동지가 중앙 홍군이 루딩 교를 건넜을 거라면서 30군단 정치위원 리셴녠 동지더러 몇 개 사단을 거느리고 톈촨, 바오싱 일대에 가서 맞으라고 하셨습니다. 중앙 홍군이며 마오 주석, 저우 부주석과 주 총사령관 동지가 온다는 말을 듣고는 모두들 너무 기뻐서 밤잠을 설쳤습니다."

"원촨은 여기서 얼마나 멉니까?"

"삼백이십 리쯤 됩니다."

왕다산이 대답했다.

"오는 길에는 온통 큰 산들뿐이지요. 홍차오 산虹橋山 홍교산이라는
설산을 지나오는데 참 이상도 했습니다. 산 아래에서는 땀을 벌벌 흘
렸는데 산 위에 올라가니 눈보라에 우박까지 쏟아져 모두 눈사람이 되
었거든요. 하지만 사기가 얼마나 높았던지 마오궁에 있는 덩시허우의
두 개 대대를 식은 죽 먹기로 해치웠습니다. 동지들이 이렇게 빨리 도
착하리라고는 생각도 못 했습니다. 어제 4연대가 산 아래로 내려와 서
로 나팔을 불어 연락을 했지요. 우리는 쓰촨 군대인 줄만 알았습니다.

어젯밤 밤잠을 설친 동지들이 얼마인지 모릅니다. 날이 밝기도 전에 벌써 일어나 산비탈에 올라가 멀리 바라보면서 이렇게 동지들을 맞아 오지 않았습니까.”

한둥팅도 슬슬 말문이 트였다. 그가 장시에서 출발해 대여섯 개 성을 지나면서 겪은 어려움을 털어놓자, 왕다산은 후베이·허난·안후이鄂豫皖 악예환 근거지를 떠나 삼천 리를 떠돌던 이야기로 말문을 열더니 친 령秦嶺 진령 과 다바 산大巴山 대파산을 넘어 쓰촨·산시 소비에트 근거지를 세우고 서쪽으로 자링 강을 건넌 이야기를 죽 들려주었다.

모두들 이야기 재미에 빠져 있는데 호위병이 밥을 날라 왔다. 왕다산네는 야크 몇 마리를 잡아서 미리 삶아 놓았다고 했다. 밥은 티베트 지역에서 나는 보리와 옥수수 죽이었다. 한둥팅네는 이처럼 좋은 음식을 먹어 본 게 얼마만인지 몰랐다.

이들은 곧 라마교 사원을 나와 연대 지휘부로 자리를 옮겼다. 가는 길에 신이 나서 걸어가는 두톄추이와 리샤오허우를 만났다. 두톄추이는 털 양말을, 리샤오허우는 털 등거리를 들고 있었다.

“동지들, 그건 어디서 난 겁니까?”

황쑤가 걸음을 멈추고 물었다. 두톄추이가 싱글벙글 웃으며 대답했다.

“4방면군 동지들이 준 겁니다. 우리가 됐다고, 괜찮다고 해도 진작 준비해 둔 거라면서 억지로 넣어 주었어요.”

리샤오허우도 등거리를 내밀면서 말했다.

“정치위원 동지, 이걸 보십시오. 4방면군 동지들이 손수 양털을 꼬아서 짠 것인데, 얼마나 두텁습니까.”

황쑤가 받아 보니 정말 두툼하고 묵직했다.

"이것만 있으면 또 설산을 넘는대도 걱정이 없겠어요."

리샤오허우는 입이 귀에 걸릴 듯 활짝 웃었다.

자진 산을 넘을 때 1군단 군단장 린뱌오가 대오에서 떨어지는 바람에 정치위원 네룽전이 부대를 이끌고 마오궁에서 30군단 정치위원 리셴녠과 만났다.

마오궁은 아주 특이한 도시였다. 도시는 기다란 산골짜기에 자리 잡고 있었는데 골짜기 가운데에 펑퍼짐한 산이 삐죽이 솟아 있고 그 위에 도시가 서 있었다. 샤오진 강은 마오궁의 깊은 골짜기를 에돌아

흘렀다. 시가지는 꽤 길었는데 전국에서 몰려든 장사치들이 아편을 사고팔아서 꽤나 번창했다. 황폐하고 쓸쓸한 쓰촨 서부답지 않게 떠들썩하고 생기 넘치는 고장이었다.

도시에는 자그마한 꽃밭이 딸린 천주교회가 있었다. 녜룽전은 여기서 리셴녠을 만났다. 리셴녠은 스물네 살 난 점잖은 젊은이였다. 두 사람은 만나자마자 마치 오랜 친구를 만난 듯 끝없이 이야기를 주고받았다. 리셴녠은 쉬 총지휘관이 1방면군에 죽고 다치거나 뒤처진 사람이 많아 취사병이 부족할 테니, 취사병을 뽑고 양식을 마련해서 보내라고 지시했다고 알려 주었다. 녜룽전은 배려해 주어 고맙다고 인사를 차렸다.

저녁을 먹고 녜룽전이 숙소로 돌아와 보니 마부가 피둥피둥 살찐 노새를 끌고 기분이 좋아 광장을 거닐고 있었다. 녜룽전이 물었다.

"그건 누구 노새지?"

"제가 누구 노새를 몰겠습니까?"

마부가 기분 좋게 웃으며 대꾸했다.

"정치위원 동지의 노새지요."

"내 노새라고? 나한테 언제 이런 노새가 있었습니까?"

"리셴녠 정치위원 동지가 보내온 것입니다."

녜룽전은 커다란 갈색 노새를 타고 장시를 떠났다. 그런데 바오싱으로 가는 길에 링관靈關 령관에서 쇠사슬 다리를 건너다가 그만 노새 한쪽 발이 쇠사슬에 끼었다. 대군이 한시바삐 다리를 건너야 할 판인데 도무지 노새 발을 빼낼 길이 없었다. 결국 다리를 자른 뒤 노새를 강물에 던지고 말았다. 마부는 빈 말안장과 짐을 갖고 녜룽전을 찾아와 서럽게 울었다. 그 뒤로 마부가 이렇게 활짝 웃기는 오늘이 처음이었다. 녜룽전이 노새를 어루만지며 말했다.

"잘됐군. 앞으로 잘 길러 주세요."

"그럼요. 이 녀석은 겨우 일곱 살인걸요."

그날 밤 마오쩌둥, 저우언라이, 주더를 비롯한 여러 지도자들이 마오궁에 도착했다. 리셴녠이 나서 그들을 맞았다. 즐거운 웃음소리와 이야기 소리가 아담한 'ㅁ'자 건물 안에 넘쳐흘렀다.

두 개 방면군 간부들이 천주교회에 모여 잔치를 열고 두 주력 부대가 한데 모인 것을 축하했다. 마오쩌둥이 들뜬 목소리로 연설을 했다. 그는 우렁찬 목소리에 맞춰 가끔 두 주먹을 모아 높이 추켜들었다. 홍

군 전사들 사이에서 손뼉 소리가 잇달아 터져 나왔다.

　1·4방면군이 합류한 뒤 가장 급한 일은 다음 행동 방향을 결정하는 것이었다. 중앙 기관과 1방면군 주력 부대는 마오궁에서 며칠 쉰다음, 샤오진 강 골짜기를 따라 이동하다가 6월 24일 량허커우에 이르렀다.

　마오쩌둥, 저우언라이, 주더를 비롯한 중앙 지도자들은 여기서 마오 현에 머물고 있는 장궈타오張國燾 장국도와 만나기로 약속했다.

량허커우는 두 갈래 강이 만나는 곳이었다. 한 갈래는 북쪽의 큰 설산 멍비 산^{夢筆山} 몽필산에서 흘러 내려오는 물줄기로 멍비 강이라 하고, 다른 한 갈래는 동쪽의 큰 설산 훙차오 산에서 흘러 내려오는 물줄기로 훙차오 강^{虹橋河} 홍교하이라고 했다.

두 강이 이곳에서 만나 기름진 삼각주를 이루는데 량허커우 진은 바로 이 들판에 자리 잡고 있었다. 하지만 마을은 안쓰러울 정도로 작았다. 집도 수십 채 밖에 안 되는 데다 조그만 거리에는 이런저런 가

게가 서너 개 있을 뿐이었다.

거리 한가운데 있는 관제묘가 그나마 가장 눈에 띄었다. 큼직한 가림 벽 뒤로 대웅전이 있고 양쪽으로 종루와 고루가 마주 보고 서 있었다. 뒤쪽 산비탈에는 작은 관음각이 자리 잡고 있었다.

저우언라이와 주더는 일찌감치 왼쪽 산비탈에 있는 집에 들었고 마오쩌둥은 관제묘에 들었다. 지도부는 여기서 중앙 정치국 회의를 열기로 했다.

장궈타오는 중국 공산당에서 가장 오래된 당원 가운데 한 사람이었다. 상하이에서 열린 제1차 대표 대회에 참석하기도 했다. 하지만 좌

우를 오가며 자꾸 기우뚱거려서 '노련한 기회주의자' 라는 뒷말을 들었다.

마오쩌둥과 저우언라이, 주더처럼 오래된 당원들은 장궈타오의 사람됨을 대충은 알고 있었다. 하지만 장정에 오른 뒤 여덟 달 동안 싸우고 행군하면서 1방면군이 큰 손실을 입는 바람에 장궈타오가 이끄는 4방면군을 하루빨리 만나게 되기를 바랐다.

6월 25일 오후 장궈타오가 금방 도착한다는 소식이 왔다. 밖에 비가 오고 있었지만 마오쩌둥과 저우언라이, 주더, 보구, 장원톈 같은 지도자들은 마을에서 이삼 리 떨어진 곳까지 마중을 나갔다. 중앙 직

속 대대 간부들과 전사들은 벌써 풀밭에 모여 기다리고 있었다. 마오 쩌둥과 지도자들은 작은 천막에 들어가 비를 피했다.

오후 다섯 시쯤 되자 빗속에서 이제나저제나 하고 기다리던 전사들이 웅성거리기 시작했다.

"온다! 온다!"

껑충한 흰빛 준마를 탄 사람이 스무 명쯤 되는 기병들을 거느린 채 빗속을 뚫고 달려오고 있었다. 1방면군 지도자들도 하나 둘 천막을 나와 장궈타오를 맞을 준비를 했다.

　장궈타오가 먼저 말에서 뛰어내렸다. 그는 혈색이 퍽 좋아 보였고 큰 키에 몸집이 우람했다. 회색 군복을 깔끔하게 차려입고 붉은 별이 달린 큰 팔각 모자를 쓰고 있었다. 그는 맞으러 나온 사람들을 죽 둘러보더니 만족스럽게 웃었다. 그러고는 지도자들과 일일이 손을 맞잡고 가볍게 껴안으며 인사를 나눴다. 여러 해 동안 서로 헤어져 있다 보니 더 친하고 가깝게 느껴졌다.

　하지만 자세히 살펴보면 환영 나온 사람들과 장궈타오는 너무나도 달랐다. 장궈타오를 둘러싸고 있는 사람들은 마치 부자를 둘러싼 가난뱅이들 같았다. 장궈타오의 건강한 얼굴에는 기름기가 자르르 흘렀다. 스무 발배기 모제르총을 메고 뒤에 선 호위병들도 건장한 체구에 옷차림이 깔끔했다. 심지어 권총을 두 개나 찬 사람도 있었다.

하지만 마중 나온 사람들은 모두 허름하기 짝이 없는 군복 차림이었다. 늘 차림새를 대수롭지 않게 여기는 마오쩌둥은 양쪽 무릎에 커다란 천을 대고 기운 바지를 입고 있었다. 오늘은 그래도 각반을 차기는 했지만 전사들처럼 각반에 젓가락 한 모를 꽂고 허리띠에는 커다란

컵을 매단 채였다. 대학교수처럼 품위 있게 생긴 장원톈도 축 늘어진
모자를 쓰고 있었고 보구가 쓴 동그란 근시 안경은 다리가 못쓰게 된
지 오래였다. 저우언라이는 수염이 길어 더부룩했고 주더는 귀신처럼
말라서 짐꾼이라고 해도 믿을 지경이었다.

환영식은 빗속에서 이루어졌다. 마오쩌둥이 초라한 단 위에 올라
환영 연설을 하자 장궈타오가 답사를 했다. 지휘관들 수백 명은 옷에
빗물이 떨어지는 것도 아랑곳하지 않고 잇달아 구호를 외쳤다. 그동
안 장궈타오는 1방면군 사람들을 차근차근 뜯어보았다. 마오쩌둥은

낡은 천을 대어 무릎을 기운 바지를 입고 있었고, 지휘관과 전사들이
입고 있는 군복은 다 낡아서 해진 채였다.

'어쩌다가 이 모양이 되었을까? 이 사람들을 어찌 군대라고 할 수
있단 말인가? 도대체 몇 사람이나 남은 거지?'

장궈타오가 놀란 눈으로 생각에 잠긴 사이 비서 황차오黃超 황초 도
모인 사람들을 눈여겨보고 있었다. 두 사람은 서로 눈이 마주치자 의
미 있게 웃고는 눈길을 거뒀다.

환영식이 끝나자 마오쩌둥과 지도자들은 웃기도 하고 이야기도 나

누며 장궈타오와 나란히 마을로 들어갔다.

저녁 만찬은 관제묘에서 열렸다. 1방면군은 늘 하던 대로 세숫대
야에 음식을 차렸다. 장궈타오가 자리에 앉자마자 요리 네 대야가 올
라왔다. 물론 독한 술도 빠지지 않았다. 마오쩌둥은 들떠서 허리띠
에서 컵을 풀어 술을 가득 부었다. 그는 고추 요리를 보자 더욱 흡족
해했다.

"어서 들어요. 고추를 좋아하는 사람만이 진정한 혁명가입니다!"

그가 젓가락으로 고추를 집어 들고 말하자 보구가 곧장 반박했다.

"마오 동지, 그렇게 말하면 안 되지. 우리 저장 사람들 중에도 혁명가가 적지 않지만 누구나 고추를 좋아하는 건 아니거든요. 저우언라이 동지도 싫어하지 않습니까. 게다가 허젠은 당신만큼이나 고추를 좋아하지만 그자가 무슨 혁명가란 말입니까."

그 말에 사람들이 와그르르 웃었다. 마오쩌둥도 고개를 젖히며 함께 웃었다.

모두들 신이 나서 즐겁게 이야기를 나누고 있는데, 장궈타오만 말 없이 자리를 지켰다. 1931년 중앙 대표 자격으로 후베이·허난·안후이 소비에트 구역에 들어가 당·정·군 권한을 혼자 틀어쥔 뒤로는 가는 곳마다 훌륭한 요리사가 따라다녔다. 게다가 오늘처럼 대야에 음식을 떠 놓고 먹어 본 적은 한 번도 없었다.

물론 이런 것쯤은 대수롭지 않은 일이었다. 정작 불쾌한 것은 밥상에서 오가는 이야기였다. 후베이·허난·안후이 소비에트에 들어간 뒤부터, 특히 쓰촨·산시 소비에트 구역을 세운 뒤부터 자신이 얼마나 빛나는 업적을 세웠던가? 하지만 여기 모인 혁명가들은 아무도 거기에 관심이 없었다.

솔직히 말해 마오 현을 떠나 사흘 동안 달려오면서 장궈타오는 할 말을 충분히 생각해 두었다. 누군가 자신이 세운 업적 가운데 어느 한 가지만 묻는다 해도 거침없이 흐르는 양쯔강처럼 이야기를 쏟아 낼 수 있었다. 하지만 안타깝게도 말을 꺼내는 사람이 없었다. 장궈타오는 '고추' 따위를 이야깃거리로 삼고 싶지도 않았고, 그 이야기에 끼일 수도 없었다.

그가 4방면군을 이끈 뒤부터 총지휘관 쉬샹첸마저도 장궈타오와 감히 우스갯소리를 섞지 못했다. 그러다 보니 명령을 내리고 보고를 받으며 나누는 이야기 말고 사람들과 모여 앉아 우스개를 피우는 감각을 점점 잃어버리고 말았다. 그러니 오늘도 예의를 갖추느라 애써 웃기만 했을 뿐 하나도 즐겁지 않았다.

술을 좋아하는 마오쩌둥이나 보구는 모두 거나하게 취했다. 만찬이 끝나자 저우언라이가 몸소 장궈타오를 숙소까지 바래다주었다. 마을에 집이 적어서 북쪽 거리에 있는 어느 가게를 숙소로 쓰라며 장궈타오에게 내주었다.

"궈타오 동지."

저우언라이가 웃으며 말했다.

"내일 오전에 또 회의를 해야 하니 일찍 쉬도록 해요."

"아직 괜찮아요."

장궈타오가 자리를 권하며 말했다.

"오랜만인데 여기 좀 앉지."

저우언라이는 침대 맞은편에 있는 걸상에 앉았다.

"내가 많이 변했지?"

장궈타오가 웃으며 물었다. 저우언라이가 찬찬히 훑어보니 갸름한 얼굴에 살이 붙어 무척 건강해 보였다. 다만 오른쪽 귀 둘레로 뭔가에

눌린 듯 동그란 자국이 나 있었다. 저우언라이가 웃으며 말했다.

"그다지 변하지 않았는데요. 전보다 살이 올라 더 건강해 보이긴 합니다."

"그래요. 이 일 저 일 정신없기는 하지만 웬만해서는 아프지 않으니까."

"그런데 귀에는 왜 동그란 자국이 나 있는 겁니까?"

"언라이, 눈이 참 밝군. 이건 전화를 받느라 눌린 자리예요."

장궈타오는 손으로 귀 둘레에 패인 자리를 만지면서 한숨을 쉬었다.

"이게 바로 후베이·허난·안후이 소비에트 구역, 쓰촨·산시 소비에트 구역, 4방면군 일을 다 맡아 하느라 지난 몇 년 동안 생긴 자국이지. 날마다 일어나면 밥 먹을 새도 없이 전화가 옵니다. 당·정·군에서 벌어지는 크고 작은 일을 모두 챙겨야 하니 바빠요. 전투가 벌어지면 쉬샹첸이 앞에서 지휘를 한다지만 혹시 사고라도 생길까 봐 마음이 놓이지 않아 몇 시간씩 전화를 걸 때도 있으니 쇠로 만든 귀가 아닌 이상 어찌 자국이 안 생기겠습니까."

저우언라이가 크게 웃으며 말했다.

"그럼 일을 더러 남한테 맡기면 되지 않습니까?"

"그럴 수 있으면 얼마나 좋겠습니까? 하지만 우리 동지들이 수준이 너무 낮아 형편없단 말이지!"

저우언라이는 말없이 웃기만 했다. 장궈타오가 갑자기 눈을 반짝이더니 고개를 쳐들고 물었다.

"오는 길에 했다는 그 쭌이 회의 말입니다. 우리가 본 자료는 너무 간단한데 자세하게 이야기해 줄 수 없겠습니까?"

"그러지요."

저우언라이는 시원하게 고개를 끄덕였다. 그는 쭌이 회의 과정을 간추려서 들려주었다.

"문제는 모두 해결했습니다. 마오쩌둥이 군사 지휘에 참여했기에 망정이지 구이저우에서는 상황이 얼마나 복잡했는지 몰라요."

그는 다행이라는 얼굴로 말을 맺었다.

"문제를 모두 해결했다고?"

"그래요."

"보구는?"

"보구도 정세에 밝아서 그 뒤로 다시는 문제가 생기지 않았습니다."

장궈타오는 눈을 크게 뜨고 들었다. 어딘지 떨떠름한 눈치였지만 더 묻지는 않고 말머리를 돌렸다.

"나중에 후이리에서 또 회의를 열었다던데?"

"그랬지요."

저우언라이가 고개를 끄덕이며 말했다.

"주로 린뱌오를 비판했는데 그것도 잘 풀었습니다."

장궈타오는 한동안 말이 없더니 갑자기 고개를 쳐들고 저우언라이
를 보았다.

"지금 1방면군은 얼마나 됩니까?"

저우언라이는 기민한 눈을 반짝이며 웃으면서 되물었다.

"4방면군은 얼마나 되지요?"

"우린 십만쯤 됩니다."

장궈타오는 목을 꼿꼿이 세우며 물었다.

"당신들은?"

"1방면군은 사상자가 아주 많아요. 아마 지금 삼만이 안 될 겁니다."

장궈타오는 낯빛이 확 어두워졌다.

"음, 삼만! …… 삼만이 안 된다!"

장궈타오가 매서운 눈빛으로 중얼거렸다. 그는 오만하게 고개를 건

뜻 쳐들더니 더 말이 없었다. 방 안은 쥐 죽은 듯 조용했다. 저우언라이는 괜히 말했구나 싶었지만 하는 수 없었다.

"오늘은 피곤하니 이만 쉽시다."

장궈타오가 담담하게 말했다. 저우언라이도 고개를 까딱이며 일어섰다.

이튿날 오전 아홉 시, 중앙 정치국 회의가 관제묘에서 열렸다. 방 가운데 탁자 몇 개를 놓고 둘레로 마을에서 빌려 온 각양각색의 의자를 놓았다.

저우언라이가 보고를 하느라 가장 앞에 앉고 마오쩌둥, 주더, 장궈
타오, 장원톈, 왕자샹, 보구, 류샤오치, 덩파, 허카이펑, 린보취 任伯渠
임백거도 모두 앞줄에 앉았다. 류보청, 펑더화이, 린뱌오, 녜룽전, 리
푸춘 같은 고위급 장군들은 여기저기 편한 자리를 찾아 앉았다. 회의
분위기는 여전히 즐거웠다.

먼저 저우언라이가 보고를 했다. 그는 엄숙한 얼굴로 수염을 한 번
어루만지더니 침착하게 준비한 회의 자료를 펴 놓았다. 그는 1 · 4방
면군이 합류하고 나서 어느 지역에 새로운 소비에트 구역을 세울 것인

가 하는 문제를 이야기했다.

"새로운 근거지를 세우려면 다음과 같은 조건을 갖추었는지 살펴보아야 합니다. 첫째, 작전을 하기에 편리해야 하지요. 두 개 방면군이 모여 힘이 커졌으니 재빨리 움직일 수 있도록 지역이 넓어야 합니다. 하지만 쑹판松潘 송번 · 리판理番 이번 · 마오 현 지역은 작지는 않지만 길이 적어 적한테 둘러싸이기 쉽고 반격할 때 불리합니다. 둘째, 반드시 사람이 많이 사는 곳이어야 합니다. 그런데 쑹판 · 리판 · 마오 현 · 원촨 지역은 인구가 겨우 이십만 명밖에 안 되고, 대부분 소수 민

족이 살고 있어서 홍군 수를 늘리기가 어렵지요. 셋째, 반드시 양식을
자급할 수 있어야 합니다. 하지만 앞서 이야기한 지역은 양식이 부족
한 데다가 소와 양도 모자라고 천은 더 구하기 어렵습니다."

저우언라이는 적의 상황도 분석했다.

"이제 장제스 밑에 있는 부대가 우리 쪽으로 올 것입니다. 적들은
다두 강을 봉쇄하고 강 남쪽과 시캉 방향에서 홍군을 막을 겁니다. 그
러면 홍군은 초원에 몰리게 됩니다. 만약 홍군이 쑹판·리판·마오
현 지역에만 머물러 있다면 미래가 없지요. 부대는 반드시 전진해야
합니다. 지금 가장 알맞은 지역은 쓰촨·산시·간쑤川陝甘 천섬감 지역

입니다. 이 지역는 땅이 넓고 길이 많은 데다가 인구가 많고 물자가
풍부해서 홍군이 발전할 수 있습니다. 우리 두 주력 부대는 우선 북쪽
으로 나아가 간쑤 남부를 빼앗아야 합니다."

　이어 저우언라이는 분명하게 말했다.

　"남쪽으로 가는 것은 불가능하고 민 강을 건너 동쪽으로 가는 것도
적 백삼십 개 연대가 있어 역시 안 될 노릇이지요. 서쪽은 넓고 큰 초
원이 있어서 안 되니까 나갈 수 있는 길은 북쪽밖에 없습니다. 우리는
우선 쑹판을 빼앗기 위해 후중난 부대와 싸워야 합니다. 늘 그랬듯이
기동 전술로 적들을 무찔러야 합니다."

장궈타오는 저우언라이의 보고를 듣고도 별로 놀라지 않았다. 며칠 전 중앙 혁명 군사 위원회에서 보낸 전보에 이런 내용이 담겨 있었기 때문이었다. 장궈타오도 전보 내용을 참고해서 보고서를 준비했다. 하지만 그는 저우언라이가 지휘권을 "하나로 모아야" 하고, 그것을 "군사 위원회가 갖도록" 해야 하며, 이것이 "최고 원칙"이라고 잘라 말하자 마음이 덜컥 내려앉았다.

장궈타오는 딴생각을 하느라 물자 보급을 어떻게 할 것인지, 군대를 몇 개 종대로 나눌 것인지 짚는 부분을 그만 통째로 놓쳤다. 장궈타오가 정신을 차렸을 때는 저우언라이가 보고를 마친 뒤였다.

사람들이 모두 장궈타오를 바라보았다. 장궈타오는 가볍게 기침을 하고 나서 입을 열었다.

 그는 4방면군이 거둔 성과를 오랜 시간 이야기한 뒤에야 행동 방침 이야기로 넘어갔다. 장궈타오는 1·4방면군이 함께 남쪽으로 나아가 청두를 쳐야 한다고 주장했다. 그는 동쪽으로 진군하면 길이 적어서 안 되고 서쪽은 초원이어서 불리하다는 점을 인정했다. 하지만 북으로 전진하면 후중난을 만나게 되는데, 오면 쳐야겠지만 오지 않는데 굳이 치러 나설 까닭은 없다고 했다. 쑹판을 치려면 적어도 스무 개 연대가 있어야 하는데 쉬운 일이 아니라면서 성급하게 후중난을 치는 것은 승산이 없다는 것이다. 그는 생각을 거듭해 보아도 역시 시캉을

후방으로 삼고 남쪽으로 내려가는 것이 낫겠다고 하면서, 이 방안을 실행해 보고 안 되면 다시 북진하더라도 늦지 않을 거라고 말했다. 그리고 이처럼 중대한 문제는 빨리 결정해야 한다고 강조했다.

저우언라이는 곁에 앉은 장궈타오를 힐끗 보고는 담담하게 고개를 돌렸다. 마오쩌둥은 궐련 한 대를 꺼내 툭툭 치더니 피우던 담배꽁초에 이어 놓았다. 장원톈은 어딘지 조급한 얼굴로 손가락으로 탁자를 두드렸다. 회의장에는 긴장감이 감돌았다.

이어 펑더화이와 린뱌오가 발언했다. 두 사람은 모두 북쪽으로 진군해야 한다고 주장했다. 린뱌오는 기동전으로 싸워 적들의 힘을 완

전히 없애야지만 근거지를 세울 수 있다고 강조했다.

보구의 발언은 간단하고 시원스러웠다. 그는 반드시 근거지를 세워 이 중국 땅에 모범을 보여 주어야 한다고 말했다. 쓰촨·산시·간쑤 근거지를 세우려는 계획이 바람직하니 인민들을 충분히 끌어들여 유격전을 벌이되 지금 당장은 하루라도 빨리 쑹판을 빼앗고 북쪽으로 나아가야 한다고 주장했다.

마오쩌둥은 담배를 잇달아 두 모금 빨고는 천천히 입을 열었다. 마오쩌둥은 장궈타오를 직접 비판하지는 않았지만 할 말은 했다. 마오쩌둥이 "4방면군 동지들이 아직도 청두를 치겠다는 생각에 빠져 있기

때문에 충분히 설명을 해 줘야 합니다."라고 말하자 장궈타오의 얼굴이 보일락 말락 붉어졌다. 마오쩌둥이 말을 이었다.

"우리가 하려는 것은 방어를 위한 싸움이 아닙니다. 공격도 아니고 도망치는 것은 더욱 아닙니다. 일종의 반격입니다. 만약 반격하지 않고 후퇴에 후퇴를 거듭한다면 근거지를 세울 수 없습니다."

시캉으로 물러나려는 장궈타오를 겨냥한 것이었지만 듣기에 따라서는 그저 원론을 되짚는 발언이기도 했다. 나중에 그는 쑹판을 쳐야 할 필요성을 강조하면서 지적했다.

"궈타오 동지가 쑹판을 치려면 스무 개 연대가 있어야 한다고 했는

데 맞습니다. 우리는 병력을 더 모아야 합니다. 저는 스무 개 연대도 적다고 봅니다."

마오쩌둥은 전세에 대해 자세히 말한 뒤 다시 한 번 강조했다.

"우리는 빨리 움직여야 합니다. 겨울이 오면 초지를 지나는 게 더욱 어려울 겁니다. 오늘 결정하면 내일은 행동해야 합니다."

마오쩌둥의 얘기가 끝나자 팽팽하던 분위기는 어느 정도 가라앉았다. 이어 왕자샹, 덩파, 주더, 녜룽전, 류샤오치, 허카이펑, 류보청이 나서 저우언라이의 보고에 힘을 실었다.

왕자샹은 오늘도 들것에 실려 회의에 참석했다. 얼굴은 여위고 몹시 수척했다. 그래도 마오궁에서 며칠 쉬면서 몸이 많이 나았는지 한 마디 한 마디 아주 힘이 있었다. 그는 숨기지 않고 지적했다.

"만약 적이 없어야 안전하다고 여기면서 물러설 생각만 한다면 잘 못입니다. 지금 중요한 것은 서둘러 쑹판으로 진격하는 것이며 가장 좋은 방법은 쑹판 지역에서 후중난의 주력 부대를 무찌르는 것입니다. 늦어질수록 싸우는 게 어려워지고 빠를수록 어려움이 적습니다."

주더의 발언은 간단하고 힘이 있었다. 그는 저우언라이가 보고한 내용에 동의하면서 지금 당장 해야 할 일은 쑹판을 치고 간쑤 남쪽을 점령하는 것이라고 힘주어 말했다. 저우언라이가 사람들 의견을 모아 북진을 하는 것으로 결론을 내렸다.

장궈타오는 풀이 죽어 숙소로 돌아왔다. 황차오가 얼른 다가와서 나직한 목소리로 물었다.

"장 주석 동지, 오늘 회의는 어땠습니까?"

장궈타오는 맥없이 의자에 앉으며 화가 나서 말했다.

"엉망이야! 나는 아예 안중에도 없었어."

"결정을 내렸습니까?"

"내렸지. 역시 북상하는 쪽으로 났어요. 우리 힘으로 기어이 후중난 하고 붙어 보겠다는 거지."

"남하하자고 이야기하지 않았습니까?"

"이야기한들 무슨 소용이 있겠나! 다들 한편인데. 모스크바에서 온 작자마저 마오쩌둥한테 붙었더군!"

"그럼 공격을 받았습니까?"

"받다마다. 은근히 찌르기도 하고 내놓고 찌르기도 하더군. 견주어

보면 그래도 마오쩌둥이 좀 나았어요."

"앞으로도 그럼 고작 일만 병력을 가지고 팔구만 명을 좌지우지
하겠다는 겁니까?"

"그 사람들은 그렇게 생각하고 있는 것 같아요. 저우언라이가 말끝
마다 집중해야 한다, 통일해야 한다고 부르짖는데 누가 누구를 통일
하고 누가 누구를 지휘한다는 건지……."

장궈타오는 한참 말이 없다가 갑자기 뭐가 생각난 듯 황차오에게
속삭였다.

"시킨 일은 다 했나?"

"무슨 일 말입니까?"

"지도부 말고 아래에서 뭐라고들 하는지 알아보라지 않았나?"

"그건 이야기를 더러 나누어 봤는데 알아낸 것은 많지 않습니다. 쭌이 회의나 후이리 회의나 아래에선 잘 모르더군요."

"좀더 애써 보지."

"네."

이때 밖에서 누군가 장궈타오를 불렀다.

"궈타오 동지, 있습니까?"

저우언라이의 목소리를 알아듣고 장궈타오가 급히 일어나 맞았다. 저우언라이가 호주머니에서 서류를 꺼내 건넸다.

"중앙이 마오궁에서 결정한 겁니다. 금방 찍었어요."

장궈타오가 등사한 서류를 얼른 받아 들었다. 글씨는 아주 깔끔했고 잉크 냄새가 확 풍겨 왔다. 서류에는 다음과 같이 씌어 있었다.

중앙 상임 위원회 결정에 따라 장궈타오 동지를 중앙 군사 위원회 부주석으로 임명한다.

장궈타오는 흐뭇했지만, 얼른 마음을 가다듬었다. 저우언라이가 웃으며 말했다.

"내일 출발해야겠어요. 빨리 움직일수록 좋겠지."

"좋아요. 그럼 출발하지."

장궈타오는 마지못해 대답하고는 한마디 덧붙였다.

"하지만 나는 하루 이틀 쯤 늦을 겁니다."

저우언라이는 큰 돌덩이를 내려놓은 듯 홀가분하게 숨을 내쉬었다.

홍군 1방면군은 량허커우에서 북쪽으로 전진했다. 대오는 해발 사천백 미터나 되는 멍비 산을 넘어 쥐커우 卓克基 탁극기 에 이르렀다. 장정 길에서 두 번째로 만난 설산을 넘은 것이다.

홍군은 길을 빌려 북상하려는 것뿐 티베트 병사들을 공격하려는 생각은 없었다. 그런데 그곳 족장이 국민당과 아주 단짝이 되어 한사코

홍군이 못 들어오게 막았다. 홍군은 티베트 사람들을 해치지 않으려고 호지부지 싸우면서 길만 내주면 그냥 가겠다고 소리쳤다.

싸움은 저녁까지 이어졌다. 길은 우연히 트였다. 뒤에 오는 부대에 연락을 하려고 빨간 신호탄과 파란 신호탄 세 발을 쏘았더니, 티베트 병사들이 그걸 보고 놀라 허둥지둥 도망친 것이다. 멀리서도 족장의 궁전을 지키던 병사들이 뿔뿔이 도망치는 것이 또렷이 보였다.

진위라이는 모제르총을 허리에 지르고 부대를 이끌고 앞으로 나갔다. 족장의 궁전은 어마어마하게 크고 으리으리했다. 이처럼 가난하고

구석진 동네에 이런 건물이 있을 거라고는 짐작하기 힘든 규모였다.

궁전은 샤오진 강 기슭에 있는 높다란 암벽 위에 자리 잡고 있었다. 칠 층 높이의 성루식 건축물인데 벽에는 활과 총을 쏠 수 있도록 구멍이 나 있었다. 산에서 내려오는 물줄기 두 개가 만나 궁전 둘레로 도랑못을 이루었다. 티베트 병사들이 도망치지 않았다면 정말 큰 싸움이 벌어졌을지도 모를 곳이었다.

궁전은 맨 안쪽으로 네모나게 생긴 마당이 있고, 네모난 층집이 마당을 두르며 우뚝 서 있었다. 층집은 수 천명이 들어갈 수 있을 만큼 컸다. 일 층은 주방과 마구간, 잡부들이 쓰는 공간이었고 이 층에는

티베트 병사들이 들어 있었다. 삼 층이 가장 으리으리했다. 벽에는 장식용 융단과 티베트 문자로 된 족자가 걸려 있고 집 안에는 비단을 씌운 소파와 조각한 가구가 놓여 있었다.

'티베트 사람들이 가난한 까닭이 다 이런 데 있었군.'

진위라이는 속으로 혀를 찼다.

부대는 쥐커지에서 이틀을 쉬었다. 중앙 종대가 오자 한둥팅과 황쑤가 이끄는 연대는 계속 전진했다. 그들은 쉬모梭磨 사마, 쑈징사刷經寺 쇄경사를 지나 높이가 해발 사천사백오십 미터에 이르는 야커샤 산亞克夏山 아극하산 을 넘었다. 부대는 나흗날 헤이수이黑水 흑수 에 이르렀다.

세 번째로 설산을 넘은 것이다.

헤이수이의 중심 마을은 루화蘆花 노화였다. 상 루화, 중 루화, 하 루화로 나누어져 있는데 저마다 산비탈에 띄엄띄엄 흩어져 있었다. 이 세 루화를 다 합쳐도 백 가구가 채 되지 않았다.

'루화'는 갈꽃을 이르는 말인데 갈꽃은 통 보이지 않았다. 마을에 비스듬히 기운 탑이 있는데 이 탑을 가리키는 티베트 말을 소리 나는 대로 한자로 써서 '루화'라고 한다고 했다. 산 세 개가 서로 가까이 마주 보고 서 있었고, 시커먼 흙빛 때문에 물도 온통 시커매 보이는 강이 하나 흘렀다.

진위라이네 부대가 중 루화에 이르렀을 때는 해가 저물 무렵이었다. 쥐커지를 떠날 때는 양식 주머니가 불룩했지만 이제는 누구나 빈 쌀자루를 너나없이 허물 벗은 뱀 껍질처럼 목에 걸고 있었다. 오는 길에 티베트 사람들이 모두 도망을 가 버려서 마을이 텅 비는 바람에 양식 주머니를 다시 채울 길이 없었기 때문이다.

산비탈에 있는 티베트 족 마을은 마오궁에서 본 마을하고는 많이 달랐다. 집은 이 층 아니면 삼사 층이었는데 모두 높다란 보루처럼 돌로 쌓았다. 이곳 사람들도 모두 달아난 모양이었다. 마을에는 연기 나는 집도 사람들 말소리도 사라지고 없었다.

진위라이는 부대에 방을 마련해 주고 자기는 삼 층으로 된 돌 층집에 들었다. 얼마 지나지 않아 사무장이 걱정스러운 얼굴로 찾아왔다.

"대대장 동지, 먹을 게 없어서 큰일입니다."

"인민들을 찾아서 좀 사도록 하세요."

진위라이가 대답했다.

"집집이 다 가 보았지만 사람 그림자도 안 보입니다."

때마침 진위라이의 배에서 꼬르륵 소리가 났다. 그는 대꾸할 말이 얼른 떠오르지 않아 고개를 숙였다. 사무장이 조심스럽게 입을 열었다.

"저기, 제가 방법을 하나 생각했는데 어떨지…… 모르겠습니다."

"뭡니까?"

사무장은 말없이 손가락으로 창밖을 가리켰다. 진위라이가 일어나 밖을 내다보니 골짜기에 보리가 싯누렇게 익어 가고 있었다.

"지금 저 보리를 베자는 말입니까?"

"그렇습니다. 여기서 굶어 죽을 수는 없지 않습니까."

진위라이는 이마를 찡그렸다. 그는 한참 망설이다가 말했다.

"안 됩니다. 지주의 곡식이라면 벨 수 있겠지만 지금 인민들도 없으니 어떤 게 지주의 밭인지 모르지 않습니까."

"그럼 죽기를 기다려야지요."

사무장은 힘없이 쪽걸상에 앉으며 중얼거렸다.

"어쩌면 이렇게 재수 없는 동네에 왔을까? 어서 여길 떠야지 몽땅 굶어 죽기 딱 좋겠네."

진위라이는 얼굴이 더 굳었다. 몇 마디 나무라려다가 생각해 보니다 맞는 말이기도 해서 그만두었다.

얼마 뒤 통신원이 선을 이어 놓았다. 진위라이는 수화기를 들고 연대 지휘부에 있는 황쑤에게 전화를 걸었다. 황쑤는 언제나 규율을 엄격하게 지키는 사람이었다.

"황 정치위원이십니까? 지금 쌀이 없어 다들 굶고 있는데 어찌 할까요?"

그는 어찌 생각하는지 넌지시 물어보고 싶었다.

"여기도 마찬가집니다."

황쑤도 우울하게 대꾸했다.

"이, 이런 제의를 하는 동지가 있습니다."

진위라이가 말을 더듬었다.

"밭에 보, 보리가 막 익고 있는데……."

그는 말끝을 흐렸다. 조금 전 사무장보다 더 가느다란 목소리였다.

"뭐라고? 지금 뭐라고 했습니까?"

"밭에 보리가 막 익고……."

"안 됩니다! 그런 생각은 아예 마세요."

상대방의 목소리는 매섭고 높았다.

"상부에서 아직 그런 지시가 내려오지 않았습니다."

"그럼 어떻게 합니까?"

진위라이가 기어들어가는 목소리로 물었다.

"아직 날이 저물지 않았으니까 나가서 나물이라도 좀 캐고 양식 주머니도 샅샅이 훑으세요."

진위라이가 수화기를 놓고 사무장에게 푸념했다.

"자, 보세요. 퇴짜 맞으리라 생각했어요. 들었지? 모두 어서 나가 나물도 하고 쌀자루에 남은 쌀도 있는 대로 훑으라고 하세요."

진위라이는 하루 종일 걸어서 지친 데다가 마음도 언짢아져 그만 난로 곁에 쓰러져 잠이 들었다.

"대대장 동지, 대대장 동지! 저녁 드십시오."

얼마나 잔 것일까. 방 안에 콩알만 한 기름등잔이 켜져 있고 난로 곁에 나물국 한 대야가 놓여 있었다. 젓가락으로 저어 보니 꼭 맹물 같았다. 한 젓가락 떠서 입에 넣었더니 슴슴하기 짝이 없었다. 입안이 깔깔해서 도통 넘어갈 것 같지 않았다. 이런 것도 밥이라니 정말 어이가 없었다. 하지만 배가 고팠다. 게다가 호위병이 부대를 이끄는 사람이 고생하기 싫어 몸을 사린다고 여길까 봐 억지로 국물만 좀 마셨다. 그러고는 다시 쓰러져 잠이 들었다.

이튿날 그는 날이 밝기도 전에 잠에서 깨어났다. 배가 고파서 더 잘래야 잘 수가 없었다. 홀로 우두커니 난로를 쬐고 있자니 마음이 지랄 같이 더러웠다. 사실 티베트 지역에 들어온 뒤로 내내 그랬다. 양식이 없어 허허롭기도 하지만, 종일 인민을 한 사람도 볼 수 없으니 미치고 팔짝 뛸 일이었다.

어려서부터 홍군에서 지내 온 전사로서는 정말 견디기 힘든 시련이었다. 홍군 안에는 늘 부모형제처럼 따뜻하게 대해 주는 사람이 북적였다. 하지만 장정을 시작한 뒤로는 가는 곳마다 국민당의 선전을 듣고 인민들이 몽땅 숨어 버리기 일쑤였다. 그래도 찾아다니며 차근차근 설득하면 금세 마음을 돌려먹었다. 어느 곳도 이곳 티베트 사람들이 사는 고장 같지 않았다.

날이 새기 무섭게 호위병이 웃으며 달려왔다.

"대대장 동지, 위에서 사람을 보내왔습니다."

진위라이가 고개를 갸웃거리며 물었다.

"사람이라니?"

"여성 동지입니다."

때마침 아래층에서 쟁쟁한 장쑤 사투리가 들려왔다.

"우리 영웅께서는 집에 계시나요?"

진위라이가 나가 보니 귀밑까지 오는 까만 단발머리를 한 여성 동지가 웃는 얼굴로 층계를 올라오고 있었다.

간부 휴양 중대에 있는 리잉타오였다. 그는 허리띠에 권총을 차고 담요를 깔끔하게 접어 어깨에 메고 있었다. 리잉타오는 눈을 반짝이며 손을 내밀고 악수를 청했다. 진위라이는 여태껏 여자 손이라고는 잡아 본 적이 없는 사람이라 얼굴이 빨갛게 달아올랐다.

"아, 잉타오 동지였군요. 동지도 나한테 농담을 하는 겁니까?"

그러고는 리잉타오의 손에서 담요를 받아 놓았다.

"농담이라니요. 동지는 우 강을 건넌 영웅 아닌가요?"

리잉타오는 웃으며 화덕 앞에 앉았다.

"대대장 동지, 무슨 걱정이라도 있는 겁니까?"

"대대장이라고 부르지 말아요."

진위라이가 한숨을 쉬었다.

"지금 우 강을 건널 때하고 견주면 대대라고 해 보았자 중대보다 조금 많을 겁니다. …… 그리고 이 동네엔 인민이라곤 코빼기도 보이질

않아서 오늘은 또 뭘 먹어야 할지 모르겠습니다."

"제가 그것 때문에 왔어요. 부대가 양식을 마련할 수 있도록 도우라
고 상부에서 기관 사람들을 모두 내려보냈거든요."

"양식? 양식을 어떻게 마련한단 말입니까."

"역시 인민들을 찾아야 하지 않겠어요. 지금 부대 분위기는 어때
요?"

"분위기요?"

진위라이가 쓴웃음을 지었다.

"싸우려면 어서 싸우고 가려면 어서 가야지요. 하여간 이 재수 없는 곳에서 하루빨리 떠나는 게 좋겠습니다. 이런 곳에 무슨 근거지를 세운다고! 남은 둘째 치고 내 생각은 그래요."

"중앙 종대 분들은 쑹판을 꼭 쳐야 한다고 하던데⋯⋯. 쑹판이 열리면 떠날 수 있대요."

그 말에 진위라이가 다리를 탁 치며 말했다.

"1·4방면군이 한데 모였는데 쑹판 하나를 치는 게 무슨 대수겠습니까. 이 임무를 나한테 맡겨 준다면 당장 떠나겠어요."

이야기는 지난 일로 옮겨 갔다.

"잉타오 동지, 만약 동지가 구이저우에서 내가 누운 들것을 들어 주지 않았다면 나는 진작 개 먹이가 되었을 겁니다."

리잉타오는 손을 내저으며 쑥스러워했다.

"에이, 그만 하세요. 그까짓 일을 갖고 뭘 그럽니까?"

두 사람이 말을 나누고 있는데 호위병이 대야를 들고 층계를 올라왔다.

"밥입니다. 아침밥이 왔습니다."

호위병은 화덕 곁에 멀건 나물국을 놓았다. 진위라이는 이맛살을 찡그리며 젓가락으로 국을 휘저었다.

"손님 대접이 이래서 미안하군."

한숨 소리가 낮게 울렸다.

"지금 상황에선 이것도 고맙지요."

리잉타오는 허리춤에서 밥그릇을 꺼내 들고 나물국을 뜬 다음 각반에서 나뭇가지를 깎아 만든 젓가락을 꺼내 먹기 시작했다.

"동지는 정말 잘 먹는군."

"먹지 않고 어떻게 걸을 수 있겠어요."

그는 새하얀 이를 드러내며 웃었다. 진위라이도 싫은 기색을 감추며 리잉타오를 따라 두 사발을 먹었다.

젓가락을 놓기도 전에 사무장이 흥분해서 달려왔다.

"대대장 동지, 인민을 한 사람 찾았습니다."

"어디 있지?"

"저 꼭대기 집에 있습니다. 어젯밤에도 있었나 본데 우리가 못 본 겁니다. 오늘 아침에 일어나 보니 갑자기 윗집 굴뚝에서 연기가 나지 않겠습니까. 여든은 넘은 듯한 노인이 한창 밥을 짓고 있었습니다. 절름발이던데요."

리잉타오가 들뜬 목소리로 소리쳤다.

"어서 가 봅시다!"

두 사람은 사무장과 함께 산비탈 가장 높은 곳으로 올라갔다. 나직한 돌집이 하나 보였다.

"저 집입니다."

사무장이 손짓을 했다. 집 안에서는 빛바랜 자줏빛 두루마기를 걸친 티베트 족 노인이 밥을 짓고 있었다. 노인의 주름투성이 얼굴은 온통 자줏빛이 돌듯 새까맸고 코끝은 윤기가 돌았다. 초원에서 방목을 하느라 햇빛을 너무 많이 쬐었나 보았다. 노인은 땔나무 가지 하나를 잡는 것도 몹시 힘들어 보였다.

"어르신, 안녕하세요?"

리잉타오가 싹싹하게 물었다. 노인이 고개를 돌리자 세 사람은 깍듯이 허리를 숙였다.

노인은 불을 때다 말고 흠칫 놀랐다. 그 바람에 걸치고 있던 낡은 두루마기가 어깨에서 흘러내렸다.

리잉타오는 재빨리 두루마기를 주워 노인의 어깨에 씌워 주면서 웃었다.

"어르신. 무서워하지 마세요. 우리는 잔나비 군대가 아니라 홍군입니다."

그리고는 팔각 모자를 벗어 손가락으로 붉은 별을 가리켰다. 노인

은 고개를 숙인 채 말이 없었다.

"어르신께서는 연세가 어떻게 되십니까?"

진위라이가 허리를 숙이며 부드럽게 물었다. 노인은 도통 모르겠다
는 눈길로 그를 바라보았다.

"어르신, 한족 말을 모르십니까?"

잉타오가 웃으며 물었다. 노인은 저도 모르게 고개를 저었다. 리잉
타오가 씨익 웃었다. 그는 화덕 앞에 쪼그리고 앉아 불을 때면서 말을
걸었다.

"어르신, 저희는 가난한 사람들 편에 서서 싸우는 노농 홍군입니다.
중국 공산당이 이끄는 군대지요. 일본하고 싸우려고 북쪽으로 가고
있는 중이라 이 고장을 지나게 됐어요. 우리 홍군은 티베트 인민을 존
중합니다. 마음 놓으셔도 돼요."

노인은 못 알아듣는 척 딴청을 했다. 노인이 말이 없자 진위라이는
더럭 짜증이 났다. 그는 리잉타오에게 눈짓을 했다.

"어르신도 밥을 드셔야지 않겠습니까. 우리 나중에 다시 옵시다."

리잉타오는 고개를 끄덕이고는 다 된 죽을 한 사발 떠서 노인의 곁
에 놓았다. 전사들이 막 문을 나서는데 노인이 갑자기 손을 쳐들고 소
리쳤다.

"잠깐만 기다려 주시게!"

또록또록한 한족 말이었다. 진위라이는 그만 멍해졌다. 리잉타오는
환하게 웃으며 돌아섰다. 노인은 화덕 곁으로 자리를 권했다.

"자네들은 좋은 사람들이로군."

사투리가 심해서 그렇지 발음은 아주 정확했다. 리잉타오가 웃으면

서 말했다.

"우리가 좋은 사람인지 어떻게 아시죠?"

"그걸 어찌 모르겠나. 내가 어젯밤부터 오늘 아침까지 죽 내리 봤네. 곁에 널린 양식을 두고 풀을 먹더군."

노인이 웃으며 드넓은 보리밭을 가리켰다.

'그래도 고생한 보람이 있군. 여하튼 인민이 이렇게 알아주니 말이야!'

진위라이는 며칠 동안 서린 울분이 스르르 풀리는 것 같았다.

"그런데 다들 왜 도망간 겁니까?"

진위라이가 물었다.

"애들 잡아먹는 사람들이라고 족장이 그러니 겁을 집어먹고 도망간 거지."

"어르신은요?"

"나라고 왜 겁이 안 나겠나? 나도 손자가 수두룩한데."

노인이 말했다.

"위에서는 징벌 조례도 내놓았다네. 양식을 주거나 길을 안내하는 사람은 죽여 버린다고 말이네."

리잉타오가 허리를 숙이며 물었다

"어르신, 사람들을 불러올 수 없을까요?"

노인은 한참 망설이다가 난처한 듯 말했다.

"그런데 이 다리로 걸을 수가 있어야지."

그러고는 두루마기를 헤쳐 보였다. 사람들은 깜짝 놀랐다. 노인은 절름발이가 아니라 아예 발이 없는 사람이었다. 두 발은 곧은 몽둥이처럼 헌 천에 감겨 있었다. 리잉타오가 물었다.

"어르신, 발이 왜……?"

"수십 년 전에 찍혔다네."

"누구요? 누가 찍어요?"

"족장 말고 누가 있겠나?"

"왜요?"

"우리 마누라가 애를 낳는 통에 내가 족장 집 일을 못 갔는데, 그게 명을 어긴 죄라는 거야."

"해마다 공짜로 일을 해 주셨어요?"

"그래. 해마다 석 달이나 다섯 달쯤 하지."

리잉타오와 진위라이는 땅이 꺼질 듯 한숨을 내쉬었다. 티베트의 농노 제도가 이처럼 잔혹하리라고는 생각지도 못한 일이었다.

진위라이가 말했다.

"어르신, 저희가 어르신을 업고 가면 안 될까요?"

"힘들어서 어찌 그러겠나?"

"저흰 괜찮습니다, 어르신."

노인이 한숨을 쉬면서 고개를 끄덕였다.

"그럼 가 보세."

노인의 허락이 떨어지자 진위라이와 리잉타오는 바쁘게 고개를 숙

였다.

"정말 고맙습니다."

"고마울 것까지야 있나! 자네들이 여기까지 온 것도 쉽지 않았을 텐데."

노인이 한숨을 쉬고 나서 말했다.

"족장이 벌하려면 하라지. 아흔셋까지 살았으니······."

"네? 올해 아흔셋이라구요?"

"그렇다네. 한 살 더 먹지도 덜 먹지도 않았지. 이 동네에선 나를 '아흔셋 할아버지'라고 한다네."

"그럼 저희도 그렇게 불러도 되지요? 아흔셋 할아버지, 어서 진지

드세요. 진지를 드셔야 함께 가실 수 있잖아요."

리잉타오는 죽 사발을 노인 앞으로 가져갔다.

아흔셋 할아버지가 숟가락을 놓자 진위라이는 전사 넷을 불렀다. 전사들은 노인을 번갈아 업고 리잉타오의 뒤를 따라 산으로 올라갔다.

이곳 산들은 모두 원시림이었다. 나무가 어찌 빽빽하게 들어섰는지 하늘이 보이지 않았다. 진위라이는 백 명 남짓한 대대를 여러 갈래로 나누어 산골짜기 곳곳으로 보냈다. 진위라이도 전사 열 사람을 데리고 골짜기에 들어갔다. 마을에는 병자 여덟 사람만 남았다.

아흔셋 할아버지는 큰일을 했다. 티베트 사람들이 몇 번이나 뒤에

서 총을 쏘려는 것을 모두 말려 주었다. 그리고 리잉타오와 함께 다니며 굴이나 숲 속에 숨어 있는 티베트 사람들을 설득했다.

저녁 무렵까지 열 집 정도가 산을 내려왔다. 다른 갈래로 사람들을 찾으러 간 전사들도 몇 집 데리고 왔다. 진위라이는 가뿐한 마음으로 산을 내려왔다. 사무장은 드디어 은전으로 며칠 먹을 양식을 살 수 있었다. 덕분에 밥 걱정은 잠시나마 덜 수 있을 터였다.

그즈음 보고가 들어왔다. 홍군 전사들이 산에 가 있는 동안 티베트 병사들이 몰래 마을에 들어와 집에 남아 있던 병자들을 모두 죽이고 총도 가져갔다고 했다. 진위라이는 부랴부랴 삼 층짜리 돌집으로 뛰어갔다. 병자들이 더러는 마루에 쓰러져 있고 더러는 짐승 우리에 쓰

러져 있는데, 어디나 피가 질퍽했다. 머리가 어지러울 지경이었다.

진위라이는 부대원들과 함께 숨진 전사들을 중 루화의 산비탈에 묻었다.

저녁에 통신원이 밥을 가져왔다. 이제 더는 멀건 나물국이 아니었지만 진위라이는 밥이 목으로 넘어가지 않았다. 리잉타오가 여러 번 권해서야 겨우 몇 술 떴다. 그는 한숨을 길게 내쉬면서 욕을 했다.

"언제쯤 이 지랄 같은 동네를 떠날 수 있을까."

며칠 뒤 진위라이네 연대는 하룽哈龍 합룡, 마오얼가이毛爾蓋 모이개 쪽으로 전진했다. 중앙 종대는 7월 초에 중 루화에 이르렀다.

마오쩌둥은 요 며칠 내내 밤잠을 설쳤다. 량허커우에서 1·4방면군

이 만난 뒤로 장궈타오의 움직임이 심상치 않았다. 마오쩌둥은 몹시 불안했다.

오늘은 이른 아침부터 눈이 떠졌다. 집이 너무 컴컴하고 답답해 일어나자마자 가까운 산비탈을 거닐었다. 그는 잔뜩 여윈 데다가 머리까지 텁수룩해 무척 힘들어 보였다.

량허커우 회의가 끝난 뒤 군사 위원회에서는 '쑹판 작전 계획'을 세웠다. 적들이 아직 모여들지 않은 틈을 타 두 방면군의 주력 부대가 얼른 쑹판을 빼앗기로 결정한 것이다. 그리고 서른일곱 개 연대가 세 갈래로 나뉘어 쑹판과 시베이^{西北 서북 - 두 산시 성과 간쑤. 칭하이. 닝샤 후이 족 자치구. 신장 웨이우얼 자치구에 이르는 폭넓은 지역}로 진군하라고 명령했다. 장궈타

오도 동의했다. 그즈음 당 중앙에서는 류보청과 리푸춘, 린보취, 리웨이한 李維漢 이유한으로 중앙 위문단을 꾸려 홍군 4방면군이 있는 짜구나오 雜谷腦 잡곡노로 보냈다. 4방면군 전사들은 위문단을 뜨겁게 맞았다.

하지만 장궈타오는 계속 회의를 열고 중앙에 전보를 보내왔다. 홍군 총사령부를 보강하고 군사 위원회 상임 위원회를 만들어 천창하오 陳昌浩 진창호를 홍군 총정치위원으로 임명하라는 것이었다. 일이 뜻대로 되지 않자, 장궈타오는 조직 문제가 아직 풀리지 않았다면서 4방면군을 움직이지 않았다.

마오쩌둥은 갑갑한 마음으로 산책을 하다가 큰 호두나무 아래에 앉아 담배를 피우고 있는 왕자샹을 보았다. 그는 푸른 연기를 끊임없

이 풀풀 내뿜고 있었다. 마오쩌둥이 걸음을 멈추고 눈을 반짝이며 물었다.

"자샹, 그 담배 어디서 났나? 좀 나눠 피는 게 어때요?"

다두 강을 건넌 뒤 노획한 궐련을 다 피우고 나자 마오쩌둥, 보구, 장원톈, 왕자샹은 담뱃대를 꺼내 들고 잎담배를 피우기 시작했다. 그런데 곧 그마저 떨어지고 말았다. 생각 좀 할라 치면 줄담배부터 피워 물던 사람들이니 다들 괴롭기 짝이 없었다.

"좋지요."

왕자샹이 담배를 쌈지째 꺼내 주며 말했다.

"먼저 맛을 봐요. 피울 만하다면 얼마든지 주지."

　마오쩌둥은 왕자샹 곁에 가 앉았다. 그는 담뱃대에 잎담배를 가득 담은 다음 농민들처럼 왕자샹의 담뱃대에 자기 담뱃대를 대고 불을 붙였다. 그런데 한 모금 빨고 나자 기침부터 나왔다. 마오쩌둥이 얼굴을 찡그리며 말했다.

　"이건 무슨 담뱁니까? 왜 맛이 이렇지?"

　왕자샹이 고개를 젖히며 웃었다.

　"내 담배는 마를 줄 모르는 샘이에요. 지난번에 보구도 나한테 담배를 빌리러 왔다가 깜박 속았지."

　그는 들판에 널린 나뭇잎을 가리키며 말했다. 마오쩌둥이 나뭇잎 담배를 계속 입에 물고 대꾸했다.

"뭐, 이것도 발명이고 창조로군."

두 사람이 걸으며 이야기를 나누고 있는데 저우언라이가 어두운 얼굴로 다가왔다.

"이런 일이 있을 거라고는 정말 상상도 못 했어요."

목소리에 화가 잔뜩 묻어 있었다.

"무슨 일입니까?"

마오쩌둥이 걸음을 멈추고 물었다.

"이걸 좀 보지."

저우언라이가 손에 쥔 전보를 흔들며 말했다.

"내가 초안을 쓴 쑹판 작전 계획인데 장궈타오가 단어 하나 고쳤더

니만 뜻이 완전히 달라졌다니까. 쓸모없게 되었어요."

"뭘 고쳤길래 그러나?"

"쑹판을 '공격'한다고 썼는데 그걸 '거짓 공격'이라고 고쳤거든."

흘낏 보니 저우언라이가 써 놓은 붓글씨 앞에 '거짓'이라는 글자가 붉은 색으로 커다랗게 써 있었다. 두 사람 얼굴에도 순식간에 그늘이 졌다. 사실 요사이 1방면군 사람들은 쑹판을 치는 일 때문에 마음이 상해 있었다. 장궈타오가 이 정도로 이랬다저랬다 할 줄은 아무도 짐작하지 못했던 것이다.

"장궈타오는 북쪽으로 갈 생각이 없는 거예요. 이런 곳에 머무는 게

싫겠지."

왕자샹이 화가 나서 소리치듯 말했다.

"지금 전투가 없는데도 전사들은 줄고 아픈 사람들은 계속 늘어나고 있어요. 굶어 죽는 사람도 적지 않고 티베트 병사들이 쏴 대는 눈먼 총에 맞아 죽는 사람도 더러 있다고 합니다. 이대로 가다가는 날이 추워지면 더 어려워질 거예요."

저우언라이가 걱정스러운 얼굴로 이마를 찌푸렸다.

"그렇다면 1방면군 혼자서 칩시다."

왕자샹이 말했다.

"아마 힘이 모자랄 겁니다."

저우언라이가 고개를 저었다.

"지금 1방면군 규모가 너무 적어요."

마오쩌둥이 이마를 찌푸리며 말했다.

"아무래도 장궈타오를 만나 봐야겠어요."

"누가 간단 말입니까?"

저우언라이가 물었다. 마오쩌둥은 핼쑥한 얼굴로 서 있는 저우언라이를 바라보았다. 평소 같으면 당연히 저우언라이가 할 일이었다. 하지만 지금 저우언라이는 몸이 말이 아니었다.

바싹 여위어 커다란 광대뼈가 툭 튀어나오고 커다란 눈과 짙은 눈썹만 눈에 들어왔다. 늘 지칠 줄 모르는 사람처럼 온갖 일을 도맡아 했지만, 자진 산을 넘어온 뒤로 눈에 띄게 몸이 약해져서 늘 하던 일도 힘들어했다. 마오쩌둥이 한참 생각하더니 말했다.

"내가 가 보지."

저우언라이와 왕자샹도 고개를 끄덕였다.

마오쩌둥은 아침을 먹고 곧장 집을 나섰다. 호위병들은 숙소에 남겨 둔 채 사무총장 류잉만 데리고 갔다. 장궈타오는 몇 리 떨어진 마을에 머물고 있었다.

제법 깨끗한 뜰이 있는 집 문어귀에 보초병 둘이 서 있었다. 보초병이 들어가 알리자 곧 장궈타오가 나왔다. 마오쩌둥이 웃으면서 말했다.

"궈타오 동지, 내가 물을 갖고 왔습니다."

장궈타오는 무슨 말인지 몰라 멍하게 보고만 있었다. 마오쩌둥이

웃으면서 류잉을 가리켰다.

"우리 중앙 사무총장 류잉입니다. 《홍루몽》을 보면 가보옥賈寶玉이 여자는 물로 만들어졌다 하고 우리 남자들은 모두 탁한 기운이 있다고 하지 않았습니까."

그제야 장궈타오는 웃으면서 마오쩌둥의 손을 잡았다.

"맞는 말입니다. 우리 몸에는 확실히 탁한 기운이 적지 않지."

그는 고개를 돌려 류잉을 보았다.

"동지는 모스크바에서 공부하지 않았습니까. 그래, 지금 동지한테 걸맞는 저울추가 있습니까?"

"아직 짝이 없어요. 당신이 누구 좀 소개해 주지."

세 사람은 웃는 낯으로 집에 들어섰다.

마오쩌둥은 몇 마디 인사를 건네고 곧 본론을 꺼냈다. 지금 부대가 어려운 상황인 데다가 티베트 지역은 오래 머물 곳이 못 되니 빨리 쏭판을 치는 것이 좋겠다고 말했다. 장궈타오는 가만히 듣고 있었다. 마오쩌둥의 말이 끝나자 그는 눈을 몇 번 깜빡이고는 느릿느릿 대꾸했다.

"북상 계획이 완벽하지는 않지만 나는 동의했어요. 쏭판을 쳐야 할 필요가 있으니 다른 의견이 없었습니다. 하지만 필요하다고 해서 서둘러야 한다는 말은 아니지요. 쏭판은 성벽이 굉장히 튼튼한 데다가 적군도 많다고 하니 신중해야 합니다. 하지만 치지 말아야 한다는 말은 아니에요. 쏭판을 손에 넣지 않는다면 우리가 어떻게 지나갈 수 있겠습니까."

마오쩌둥은 장궈타오의 수수께끼 같은 말 속에 숨은 핵심을 놓치지 않으려고 애를 썼다.

"물론 신중해야 합니다. 하지만 쏭판 공격은 자신이 있어요. 전투력이 높은 4방면군에다 1방면군까지 힘을 모으면 문제없다고 생각합니다. 성벽이 튼튼하다면 적을 끌어내서 칠 수도 있지 않습니까."

장궈타오는 한동안 망설이다가 천천히 말했다.

"나는 금방 한 가지 문제만 얘기했습니다. 바깥 형편만 말했는데 사실 우리 내부의 준비도 안 갖춰졌어요. 1·4방면군이 만난 뒤에 듣기

거북한 말들이 들리고 있습니다. 4방면군은 산적이라느니 군벌주의니 하는가 하면 후베이·허난·안후이 소비에트 구역에서 철수하지 말았어야 한다느니, 쓰촨·산시 소비에트 구역을 나오지 말았어야 한다느니 말이 많다는군. 더 참을 수 없는 건 이 장 아무개를 노련한 기회주의자라고 한다면서요. 이런 말들 때문에 다들 울화가 치밀어 있는데 어찌 싸울 수 있겠습니까?"

장궈타오는 마오쩌둥을 흘끔 보고는 눈길을 다른 데로 돌렸다.

"궈타오, 그런 말에 마음을 써서야 되겠습니까. 나더러 조조曹操라

느니 중앙은 꼭두각시 한헌제漢獻帝라느니 하면서 내가 천자를 끼고 제후들을 호령하고 있다고 말하는 사람도 있습니다. 이런 말들은 그저 못 들은 척하는 게 좋아요. 그런 데 일일이 마음을 쓰다가는 큰일을 그르치게 되지요. 이간을 붙이는 사람은 어디 가나 있기 마련입니다. 먼저 큰일부터 해결하는 것이 중요하지요."

장궈타오는 얼굴을 붉히며 이야기를 계속했다.

"그뿐이 아닙니다. 신문에 '레닌이 연방을 논함列寧論聯邦'이라는 글을 써서 마치 우리가 시베이 연방 정부를 세운 것도 잘못인 것처럼

말하는 사람도 있단 말이지. 이걸 어찌 작은 일이라고 할 수 있겠습
니까?"

마오쩌둥이 웃으며 말을 받았다.

"이런 정치 문제는 여유로울 때 천천히 토론해도 되지 않겠습니까.
적당한 곳을 찾아 배불리 먹은 다음 며칠을 두고 논쟁해도 좋겠지요."

장궈타오가 이런저런 문제를 둘러댔지만 마오쩌둥은 슬기롭게 헤쳐
나갔다. 두 사람은 잠시 말이 없었다. 장궈타오는 입을 꼭 다물고 앉
아 생각에 잠겨 있다가 마침내 이를 악물고는 말을 꺼냈다.

　"문제는 또 있어요. 4방면군 동지들은 지금 우리 조직이 1 · 4방면
군이 합류한 뒤로 바뀐 형편이랑 안 맞는다고 보고 있어요. 이건 내가
뭘 바라고 하는 말이 아니라 4방면군 전체 동지들의 마음입니다. 4방
면군은 십만 명이나 되지만 조직에 자기 대표가 없어요. 그러니 내가
대신해서 말하는 겁니다. 쉬샹첸 동지가 왜 부총지휘관이 될 수 없습
니까? 천창하오 같은 동지가 왜 총정치위원이 될 수 없지요? 또 우리 4
방면군 동지들은 왜 중앙에서 일할 수 없습니까? 그리고……."

'음……. 이제야 본심을 털어놓는군.'

마오쩌둥은 장궈타오의 얼굴을 묵묵히 바라보았다. 혁명을 위해 함께 싸우는 '동지'로 여기던 마음이 순식간에 허물어져 내렸다. 말문이 열리자 거침없이 바라는 것을 늘어놓는 이 사람이야말로 정치가가 아니라 당과 흥정하는 장사치 같았다.

마음속에 있던 이야기를 다 쏟아내고 나자 장궈타오는 속이 후련했다. 그는 물을 한 컵 들이키며 웃었다.

"쏭판을 치는 일은 아무런 문제도 아닙니다. 아까도 말했지만 쏭판은 칠 필요가 없는 것도 아니고 칠 수 없는 것도 아닙니다. 사람들 마음만 개운하다면 얼마든지 될 일이지요. 룬즈, 전화 한 통화면 될 일을 가지고 이렇게 직접 오다니……."

마오쩌둥은 낯빛이 어두워졌다. 그는 애써 웃으며 말했다.

"오늘 당신이 한 얘기는 돌아가서 사람들하고 잘 의논해 보겠습니다. 그 다음에 답을 주도록 하지요."

그러고는 일어나서 인사를 했다. 장궈타오는 아무 일 없다는 듯 웃음을 매달고 마오쩌둥과 류잉을 문밖까지 바랬다.

마오쩌둥은 중 루화에 있는 숙소로 돌아왔다. 저우언라이, 왕자샹, 장원톈, 주더, 보구가 찾아와 화덕 둘레로 아무렇게나 앉더니 물었다.

"얘기는 어떻게 되었습니까?"

마오쩌둥이 장궈타오를 만난 이야기를 죽 들려주고는 나중에 말했다.

"장궈타오는 내내 조직 문제를 해결해 달라고 했어요."

"안 그래도 조금 전에 천창하오가 전화를 했는데, 장궈타오 동지를

중앙 혁명 군사 위원회 주석으로 임명해 달랍니다. 단독 결정권도 있어야 한다더군."

사람들은 화가 나서 얼굴이 벌겋게 달아올랐다.

"값이 점점 올라가는군. 군사 위원회 부주석으로 임명했는데도 조직 문제가 풀리지 않았단 말입니까? 남이 군벌이라고 할까 봐 겁을 내지만 실은 그자가 바로 군벌이란 말입니다."

장원톈이 목소리를 높였다. 왕자샹도 초췌한 얼굴로 앉아 있다가 고개를 끄덕였다.

"말이야 4방면군을 대변한다지만 내 보기에는 자기 이익에만 눈이 먼 사람이에요."

그는 층계를 올라오느라 힘들었는지 이마에 땀방울이 송송 맺혀 있었다.

"군대는 개인의 것이 아닙니다. 거느린 사람이 많다고 왕이 되고 지도자가 된다면 어찌 무산 계급의 정당이라고 할 수 있습니까!"

보구가 안경을 추켜올리며 분통을 터뜨렸다.

"마오 동지, 이런 사람한테는 절대 양보하면 안 됩니다."

마오쩌둥은 사람들이 너나없이 흥분하자 조용히 고개를 가로저었다.

"하지만 실제 상황을 보면 그렇게 간단하지가 않아요."

그는 손가락을 꼽으면서 말했다.

"지금 양보를 안 하면 쑹판을 칠 수 없고, 쑹판을 치지 않으면 북상할 수 없습니다. 북상하지 않으면 쓰촨·산시·간쑤에 근거지를 세우려는 계획이 물거품이 되겠지요. 우리가 어떻게 대처해야 할까요?"

아무도 말이 없었다. 집 안 공기는 순식간에 얼어붙었다. 다들 생각에 깊이 잠겨 들었다. 저우언라이가 고개를 숙이고 긴 수염을 매만지다가 갑자기 고개를 건뜻 들었다.

"이렇게 합시다. 내가 총정치위원 자리를 장궈타오한테 양보하지요."

"안 됩니다. 군사 권력은 양보할 수 없어요."

장원톈이 기세 높게 말했다.

"내가 총서기 자리를 내놓겠습니다. 장궈타오한테 총서기를 맡기면 되겠지요."

그러고는 고개를 한쪽으로 젖혔다. 나른한 모자 챙 아래로 화가 잔뜩 난 눈빛이 매섭게 번쩍였다.

또다시 긴 침묵이 이어졌다. 마오쩌둥이 담뱃대를 꺼내 들고 왕자상한테 얻은 잎담배를 담아 피우기 시작했다. 그는 담배를 다 태우고 나서야 입을 열었다.

"내 생각에는 총정치위원 자리를 내놓는 게 좋겠어요. 총서기는 당이 벌이는 모든 일을 책임지기 때문에 장궈타오가 이용하기 시작하면

영향이 더 클 겁니다. 여러분들 의견은 어떻습니까?"

"마오쩌둥 말에 일리가 있어요."

주더가 생각에 깊이 빠져 있다가 고개를 들며 말했다. 다른 사람들도 하나 둘 고개를 끄덕였다.

이튿날 군사 위원회에서는 주더를 홍군 총사령관으로, 장궈타오를 홍군 총정치위원으로 임명한다고 발표했다.

이틀 뒤 또 쉬샹첸을 전선 총지휘관으로 친칭하오를 징치위원으로

임명하고 예젠잉^{葉劍英} 섭검영을 참모장으로, 리터^{李特} 이특를 부참모장
으로 임명했다.

그리고 중 루화에서 중앙 정치국 회의를 열었다.

장궈타오가 지금 4방면군 형편이 어떤지 보고하자 쉬샹첸이 빠진

것을 보탰다. 뒤이어 토론을 했다. 한동안 골치를 썩던 문제가 이제는 해결된 것 같아 사람들은 마음을 놓았다.

저우언라이는 쑹판을 공격하기 위해 또다시 작전 초안을 잡기 시작했다.

지도로 보는 대장정

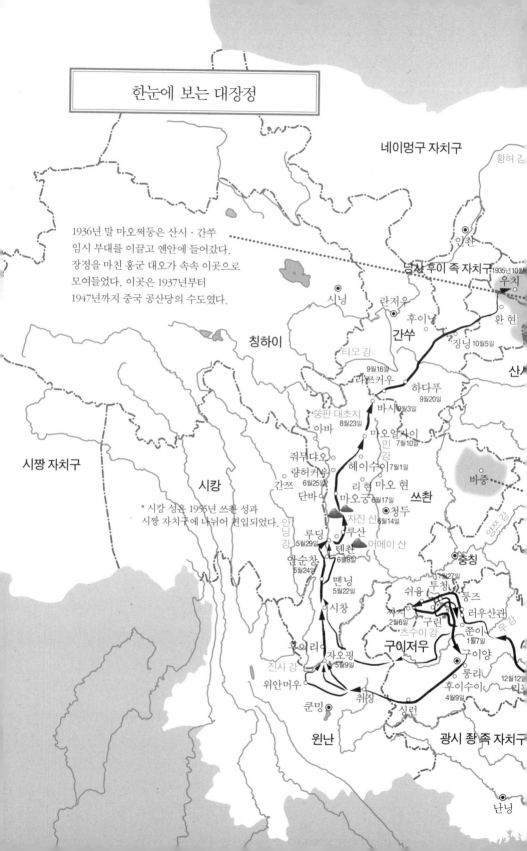

한눈에 보는 대장정

네이멍구 자치구

황허 강

1936년 말 마오쩌둥은 산시 · 간쑤 임시 부대를 이끌고 옌안에 들어갔다. 장정을 마친 홍군 대오가 속속 이곳으로 모여들었다. 이곳은 1937년부터 1947년까지 중국 공산당의 수도였다.

이촨

닝샤 후이 족 자치구 1935년 10월
우치

환 현

칭하이

시닝

란저우

후이닝

간쑤

징닝 10월 5일

산시

타오 강

9월 16일

라쯔커우

하다푸
9월 20일

쑹판 대초지
8월 23일

바시 9월 3일

시짱 자치구

시캉

아바

쥐무댜오
량허커우
간쯔   6월 25일
단바

마오얼가이
민강   7월 10일

헤이수이   7월 1일

리 현 마오 현
마오궁 6월 17일

자진 산
6월 14일

청두

쓰촨

바중

* 시캉 성은 1955년 쓰촨 성과 시짱 자치구에 나뉘어 편입되었다.

안닝강

루딩
5월 29일

루산

톈촨
6월 8일

어메이 산

충칭

안순창
5월 24일

멍닝
5월 22일

시창

12월 27일

쉬융
자치

투청

구린

추수이 강

2월 6일

통즈

러우산관

준이
1월 7일

후이리

자오핑
5월 9일

진사 강

구이저우

구이양

룽리

위안머우

후이수이
4월 9일

쿤밍

취징

싱런

민후

12월 12일

윈난

광시 좡 족 자치구

난닝

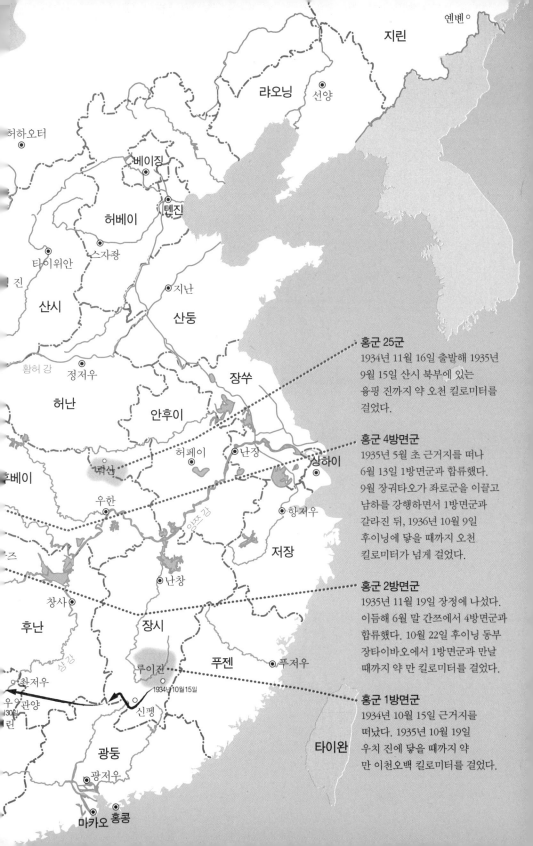

지린

옌볜 ○

랴오닝   선양 ◎

허하오터 ◎

베이징 ◎

텐진 ◎
허베이

타이위안 ◎   스자좡 ◎

◎ 지난

산시   산둥

황허 강   정저우 ◎   장쑤

허난   안후이

허페이 ◎   난징 ◎   상하이 ◎

후베이   루산

우한 ◎   ◎ 항저우

즈   저장

난창 ◎

창사 ◎   장시

후난   루이진 ◎   푸젠

신펑 ○   1934년 10월 15일

1934년 10월 15일

차오저우 ○

우○관양

30○

린   광둥

광저우 ◎

마카오 홍콩

타이완

홍군 25군
1934년 11월 16일 출발해 1935년
9월 15일 산시 북부에 있는
융핑 진까지 약 오천 킬로미터를
걸었다.

홍군 4방면군
1935년 5월 초 근거지를 떠나
6월 13일 1방면군과 합류했다.
9월 장궈타오가 좌로군을 이끌고
남하를 강행하면서 1방면군과
갈라진 뒤, 1936년 10월 9일
후이닝에 닿을 때까지 오천
킬로미터가 넘게 걸었다.

홍군 2방면군
1935년 11월 19일 장정에 나섰다.
이듬해 6월 말 간쯔에서 4방면군과
합류했다. 10월 22일 후이닝 동부
장타이바오에서 1방면군과 만날
때까지 약 만 킬로미터를 걸었다.

홍군 1방면군
1934년 10월 15일 근거지를
떠났다. 1935년 10월 19일
우치 진에 닿을 때까지 약
만 이천오백 킬로미터를 걸었다.

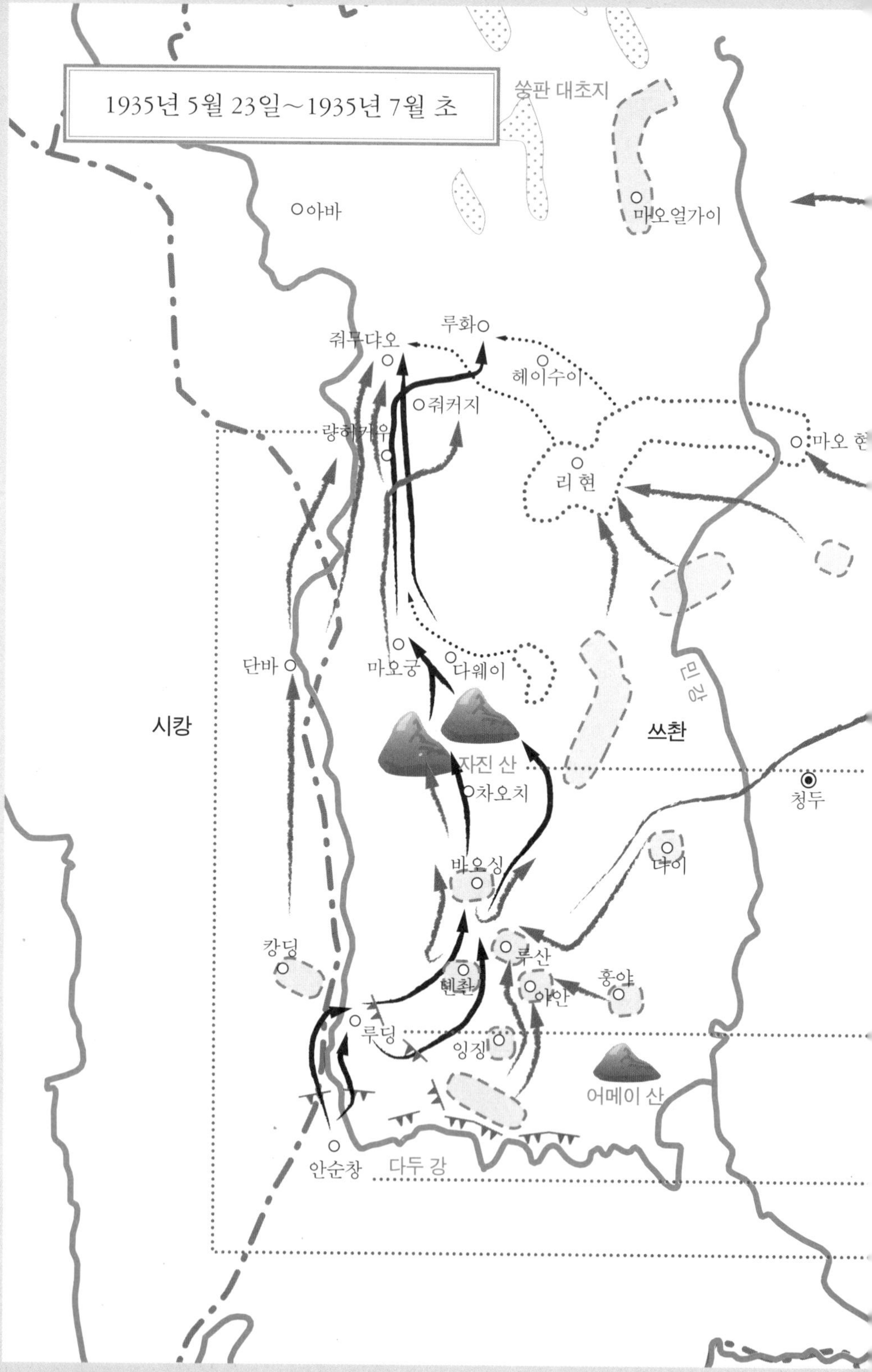

1935년 5월 23일~1935년 7월 초

쑹판 대초지

○아바

○마오얼가이

루화○

쥐무댜오○

○쥐커지

헤이수이○

○마오 현

량허커우○

리 현○

단바○

마오궁○

○다웨이

쓰촨

자진 산

○차오치

청두◉

바오싱○

냐이○

캉딩○

루산○

헝챤○

아안○

훙야○

루딩○

잉징○

어메이 산

○안순창 다두 강

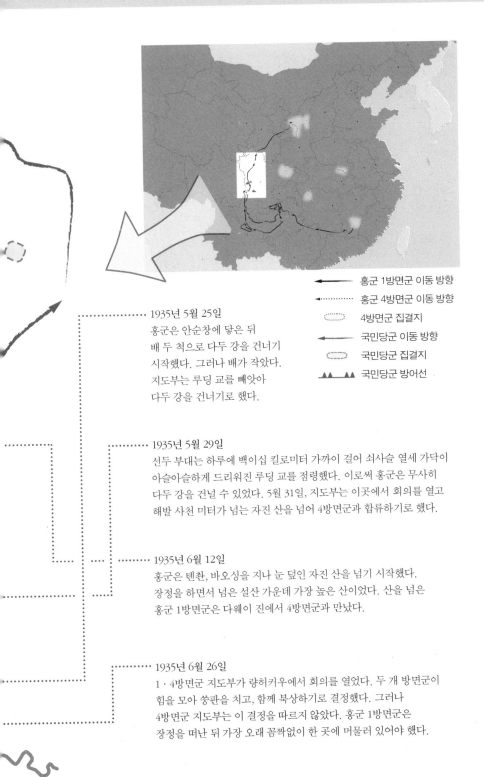

홍군 1방면군 이동 방향
홍군 4방면군 이동 방향
4방면군 집결지
국민당군 이동 방향
국민당군 집결지
국민당군 방어선

1935년 5월 25일
홍군은 안순창에 닿은 뒤
배 두 척으로 다두 강을 건너기
시작했다. 그러나 배가 작았다.
지도부는 루딩 교를 빼앗아
다두 강을 건너기로 했다.

1935년 5월 29일
선두 부대는 하루에 백이십 킬로미터 가까이 걸어 쇠사슬 열세 가닥이
아슬아슬하게 드리워진 루딩 교를 점령했다. 이로써 홍군은 무사히
다두 강을 건널 수 있었다. 5월 31일, 지도부는 이곳에서 회의를 열고
해발 사천 미터가 넘는 자진 산을 넘어 4방면군과 합류하기로 했다.

1935년 6월 12일
홍군은 톈촨, 바오싱을 지나 눈 덮인 자진 산을 넘기 시작했다.
장정을 하면서 넘은 설산 가운데 가장 높은 산이었다. 산을 넘은
홍군 1방면군은 다웨이 진에서 4방면군과 만났다.

1935년 6월 26일
1·4방면군 지도부가 량허커우에서 회의를 열었다. 두 개 방면군이
힘을 모아 쓰촨을 치고, 함께 북상하기로 결정했다. 그러나
4방면군 지도부는 이 결정을 따르지 않았다. 홍군 1방면군은
장정을 떠난 뒤 가장 오래 꼼짝없이 한 곳에 머물러 있어야 했다.

소설
대장정 4

2011년 1월 10일 1판 1쇄 펴냄

글 웨이웨이 | **그림** 선야오이 | **옮긴이** 송춘남

편집 김성재, 서혜영 | **디자인** 유문숙
제작 심준엽 | **영업** 박꽃님, 백봉현, 안명선, 안중찬, 이옥한, 조병범, 최정식
홍보 김누리 | **콘텐츠 사업** 위희진 | **경영 지원** 유이분, 전범준, 한선희
제판 (주)로얄프로세스 | **인쇄와 제본** (주)상지사 p&b

펴낸이 윤구병 | **펴낸 곳** (주)도서출판 보리 | **출판 등록** 1991년 8월 6일 제 9-279호
주소 (413-756)경기도 파주시 교하읍 문발리 파주출판도시 498-11 | **전화** 031-955-3535 | **전송** 031-950-9501
누리집 www.boribook.com | **전자 우편** bori@boribook.com

이 책의 내용을 쓰고자 할 때는, 저작권자와 출판사의 허락을 받아야 합니다.
잘못된 책은 바꾸어 드립니다.
값 11,000원

보리는 나무 한 그루를 베어 낼 가치가 있는지 생각하며 책을 만듭니다.

ISBN 978-89-8428-642-9 04820
　　　　978-89-8428-638-2 (세트)

이 책의 국립중앙도서관 출판시 도서목록(CIP)은 e-CIP 홈페이지(http://www.nl.go.kr/ecip)에서 볼 수 있습니다.
(CIP 제어 번호:CIP2010004578)